Rolf Giesen

GEGEN DEN WIND

Die Clique

Roman zur gleichnamigen ARD-Serie

Die Deutsche Bibliothek – CIP-Einheitsaufnahme
Gegen den Wind – Die Clique; Roman zur gleichnamigen
ARD-Serie / Rolf Giesen.
1. Aufl. – Nürnberg: Burgschmiet, 1996
ISBN 3-9805076-2-9

Der Roman „Gegen den Wind – Die Clique" basiert auf der gleichnamigen ARD-Fernsehserie, produziert von der Bavaria Film GmbH im Auftrag von WWF/ARD für das Vorabendprogramm der ARD.
© WWF / Bavaria Film
licensed by BavariaSonor
Bavariafilmplatz, 82031 Geiselgasteig

ISBN 3-9805076-2-9 – 1. Auflage 1996
©1996 by Burgschmiet Verlag GmbH,
Burgschmietstr. 2-4, 90419 Nürnberg.
© Umschlagfoto: ARD/Frank Lemm
© Fotos im Innenteil: ARD/Frank Lemm
Redaktion und Lektorat: Ulrike Metzger
Gestaltung: Ute Haller
Druck: Elsnerdruck GmbH
Printed in Germany

Inhalt

1	Wer nicht hören will…	5
2	Liebesreigen	24
3	Das Boot	38
4	Der Auftrag	51
5	Maui	65
6	Der kleine Prinz	80
7	Sonja	95
8	Die Große Welle	108
9	Das Angebot	123
10	Die Ausreißerin	137
11	Talk Radio	149
12	Miese Typen	164
13	Freibeuter der Meere	180

1
Wer nicht hören will . . .

Die Sonne stand strahlend über dem Strand von St. Peter-Ording, dem Surferparadies bei Husum an der Nordsee. Dort tummelten sich alle, die auf der Suche nach Fun und Action waren – tagsüber auf dem Funboard und abends in den Discos und Kneipen. Auf dem Meer sah man etliche Surfer, die in wahnsinnigem Speed über das Wasser schossen und sich gegenseitig zu immer waghalsigeren Wendemanövern und Trickfiguren herausforderten.

Doch während andere ihren Spaß hatten, stand irgendwo abseits, einsam und verlassen, ein blasser Achtjähriger bis zu den Knien im Wasser. Gebannt schaute er zwei Surfern zu, die elegant, frei von Zwängen des Alltags, über das Wasser glitten und auf der Höhe der Surfcontainer wendeten. So wie die beiden, so würde Phillip auch gern sein, wenn er einmal groß war. Und dann würde er aller Welt zeigen, ein wie guter Sportler er war: doch zu etwas zu gebrauchen. Vielleicht würde ihn dann sogar sein Vater akzeptieren.

Ein schriller Pfiff schreckte Phillip aus seinem Wunschtraum, ein Pfiff, mit dem man normalerweise eher einen Hund gerufen hätte, aber er galt dem kleinen Jungen. Mit einer barschen Bewegung winkte Jürgen Weingart seinen Sohn zu sich. Erschrocken, mit einem letzten enttäuschten Blick auf die Surfer, machte Phillip kehrt und lief gehorsam wie ein Lamm auf dem Weg zur

Schlachtbank zurück zu seinen Eltern, die in ihrem Mittelklassewagen auf ihren Sprößling warteten.
Die beiden Surfer hatten den kleinen Jungen natürlich nicht bemerkt. Konzentriert genossen sie ihre Manöver.
Sven und Niklas waren die Surf-Cracks von St. Peter. Sie waren dicke Freunde, aber auch Rivalen, im Sport, in ihrer Clique und in der Liebe.
Dem blonden Sven war vieles im Leben regelrecht in den Schoß gefallen. Seinem Vater, John Westermann, gehörte das größte Hotel am Platz, und dazu war er gekommen, wie die Jungfrau zum Kinde: Westermann hatte als Immobilien-Makler angefangen, auf eigene Rechnung spekuliert und gewonnen. Seine Objekte wurden größer und größer, bis er endlich das Sporthotel eröffnen konnte, das ihn seinem Lebenstraum ein gutes Stück näherbrachte: dem Westermannschen Freizeit- und Sportimperium. Auf diese Weise hatte einer wie Sven immer das nötige Kleingeld in der Tasche, konnte sich das neueste und beste Material leisten, das gerade auf dem Surfmarkt war. Ein Sonnyboy mit angeborenem Charme, der bei den Mädels nichts anbrennen ließ, der Hahn im Korb, doch manchmal stieg ihm der Macho echt ein bißchen zu Kopf. Dann dachte er, alles müsse ihm zu Füßen liegen. Der dunkelhaarige Niklas Andersen war von Natur aus eher schüchtern und introvertiert. Um sich im Leben zu behaupten, mußte er hart kämpfen, arbeiten – und ständig trainieren, damit er seinem Ziel Stück für Stück näherkam – der Beste im Funboard zu werden. Diese Funboards sind sehr wendig und sehr schnell, ideal zum Brandungssurfen und zum Springen. Es war noch nicht lange her, da hatte Nik einen schweren Regattaunfall,

Folge eines kindischen Sabotageakts, der, wie sich später herausstellte, nicht ihm galt, sondern seinem Freund: Der Mast brach direkt unter dem Mastfuß, und Niks Brett schnellte steil aus dem Wasser. Sven konnte ihn retten, aber Niks linkes Bein sah so schlimm aus, daß die Ärzte ihm rieten, den Sport an den Nagel zu hängen, aber Niks Kämpfernatur und zähe Beharrlichkeit hatten ihn zuletzt wieder auf die Bretter gebracht, die für ihn und seine Clique die Welt bedeuteten.

Sven verstaute seinen Neoprenanzug im Heck seines Buggy und spielte den Mitleidvollen: "Ohne ein neues Brett kannst du nicht mal gegen ein Tretboot anstinken." Niklas ließ den Kopf hängen. Schließlich betrieb seine Mutter nicht so einen Klotz von Hotel wie Svens Vater, sondern nur eine kleine Pension. Einem wie ihm war mit Svens Großmäuligkeit, ein wahrer Surfer sei um eine Geldquelle nie verlegen, nicht geholfen.

Auf der Fahrt nach Hause in seinem altersschwachen VW-Bus blies Niklas Trübsal. Und als er in die Pension Goodewind kam, gab es da auch noch Streß: Ausgerechnet Svens Vater saß in der Küche und kungelte mit seiner Mutter. Christine Andersen würde doch nicht etwa Heimlichkeiten haben mit diesem Mann, dem er selbst, anders als seinem Freund, etwas reserviert begegnete?

Christine klappte das Magazin zu, in dem sie beide geblättert hatten, und schob es zu John rüber, wobei sie geheimnisvoll nickte. Die beiden schienen sich einig zu sein. Niklas runzelte die Stirn, als sich Westermann so schnell verabschiedete. Was mochten die beiden nur ausgeheckt haben? Er würde das schon herausbekommen.

Gleich, als er zur Tür hinaus war, fragte Nik seine Mutter, was dieser Westermann gewollt habe. Aber Christine zuckte nur unschuldig die Achseln: "Nichts weiter. Wir haben über sein Hotel gesprochen. Er möchte vielleicht anbauen." Wollte seine Mutter ihn für dumm verkaufen oder wie oder was? Warum besprach ein vermögender, erfahrener Hotelier seine Pläne ausgerechnet mit der Inhaberin einer kleinen Pension? Irgendwas war da im Busch, das hatte er sofort gespürt.

"John Westermann schätzt eben meine Meinung", meinte Christine und wechselte geschickt das Thema. "Sag' schon: Du hast doch was auf dem Herzen. Das seh' ich dir doch an der Nasenspitze an." Niklas steckte seine Hände verlegen in die Gesäßtaschen und druckste herum: Er wolle sich nur mal erkundigen, wie das werte Befinden sei. Christine roch den Braten sofort:

"Gesundheitlich oder finanziell? Dich interessiert doch nur, wie's mir geht, wenn du Geld brauchst." Nik tat empört, aber trotzdem – sie hatte ausnahmsweise mal recht.

Christine nahm die Werkzeugtasche vom Regal und tappte in den Garten, um den Rasenmäher zu reparieren. Nik redete auf sie ein:

"Wenn ich dir jeden Monat hundert Mark zurückzahle, sind wir in 36 Monaten quitt." Christine drehte sich um und überschlug rasch im Kopf: "Wofür brauchst du denn 3600 Mark?" Nik lächelte schlitzohrig: "3400. Der Rest sind Zinsen."

Christine grinste sich eins und werkelte weiter. Aber Nik ließ nicht locker. Wenigstens tausend, den Rest werde er schon irgendwie besorgen: Ohne neues Surfbrett gehe eben nichts; auf dem alten fahre sich's wie auf Tapetenkleister. Nachdem sie eine Weile gefeilscht hatten und Nik merkte, wie seine Mutter langsam weich wurde, trat er die Flucht nach vorn an, warf ihr als Dank für die erhoffte Großzügigkeit einen Kuß zu und verschwand, ehe sie sich's anders überlegen konnte. Christine sah ihm kopfschüttelnd nach: "Wann wird der Bengel endlich erwachsen?"

Als er zum Bulli kam, sah er einen kleinen Jungen, der das Surferkonterfei anhimmelte, das auf die Seitenwände des Wagens gebrusht war. Es war Phillip. Der Junge zuckte zusammen, als Nik ihn auf das "Kunstwerk" ansprach: "Das bin ich als Weltmeister." Fragend sah ihn der Junge an, und schnell schränkte Nik ein: "In fünf Jahren." Er mußte über seinen eigenen Witz lachen. Der Junge war schüchtern, und das gefiel ihm. Er war so ähnlich gewesen, als er noch klein war. Phillip erzählte ihm, wie er ihn heute morgen gesehen habe, vom Strand aus. Doch gerade, als sie ihr Gespräch vertiefen wollten, kam Frau Weingart dazwischen: "Phillip, wo steckst du denn? Du sollst doch nicht einfach aus dem Zimmer gehen und mit fremden Leuten sprechen." Phillip wirkte eingeschüchtert, aber Niklas rettete die Situation, indem er sich als Sohn der Wirtin vorstellte. Sofort entschuldigte sich Heidi Weingart für das "Benehmen" ihres Sohnes. Nik winkte ab: "Kein Problem. Von einem Fan fühl' ich mich nie belästigt." Frau Weingart zog ihren Sohn zurück ins Haus. Nik lächelte, als sich Phillip noch einmal nach ihm umdrehte. Der Junge lächelte scheu zurück.
Bevor er sich jedoch noch weiter Gedanken über den

Kleinen machen konnte, bremste Timo, der Youngster der Clique, scharf auf seinem BMX-Rad auf und forderte ihn auf, dringend mit zu Rocky zu kommen. Es gäbe da größere Probleme. Rocky Marciano betrieb eine kleine Pizzeria, wo sich die Clique regelmäßig traf.
Niklas seufzte: "Was gibt's denn jetzt schon wieder? Hoffentlich hat er nicht wieder 'ne Krise mit Martina." Denn Rocky und Martina, die eigentlich rasend ineinander verliebt waren, lagen sich auch ständig wegen irgendwelcher "Probleme" in den Haaren.

Als Nik eintraf, war im Ristorante bereits der Teufel los. Rocky hämmerte wie ein Verrückter an die Tür der Speisekammer, in der seine Freundin Martina sich eingeschlossen hatte. Fast die ganze Clique war da: Britta, Sonja, Boje, Tanja und der etwas wortkarge Bauernsohn Tjard. Dafür fand Rocky, zweisprachig, um so mehr Worte:
"Mamma mia, jetzt hab' ich Schnauze voll. Mach' sofort die Tür auf, oder ich trete sie ein. Und dann schleif' ich dich an deinen Haaren quer durchs Lokal. Und wenn ich mit dir fertig bin, kannst du dir einen anderen Idioten suchen, der vor dir auf Knien rumrutscht." Wütend drehte sich Rocky um und schob sich an seinen Freunden vorbei. Nik wollte wissen, was los war. Rocky blickte ihn finster an: "Laß mich bloß zufrieden." Zum Beweis, daß er wirklich auf 180 und darüber war, haute er eine Pfanne von der Decke.
Schnell klärte Britta Nik auf: Vor einer halben Stunde seien sie mit Martina reingekommen, und sie sei mit Rocky in der Küche verschwunden – und eine Minute

später sei das Gezeter losgegangen. Boje nickte lakonisch und bemerkte wortreich wie immer: "Jo."
Nik klopfte an die Speisekammertür: "Martina? Ich bin's." Aber Martinas Dickkopf schien ebensowenig willens, klein beizugeben, wie Rocky:
"Sag' ihm, er kann sich seine Pasta künftig alleine in den Hintern schieben."
"Von mir aus kannst du da drin verrecken", schnaubte Rocky wütend. Tjard fand das irgendwie witzig: "Da kannst du lange warten. Da sind doch bestimmt Vorräte für drei Monate drin."
Plötzlich flog die Tür auf. Eine strahlende Martina, sozusagen das glatte Gegenteil, alles andere als zerknirscht, erschien mit einer Magnumflasche Sekt in der Hand: "Überraschung!" Sie schüttelte das teure Gesöff kräftig, ließ den Korken krachen und spritzte die Clique voll. Auch Rocky hatte sich an einer unschuldigen Sektflasche vergriffen und sie abgefeuert: "Willkommen auf unserer Verlobungsparty!" Nik begriff, daß sie Opfer eines gelungenen Scherzes geworden waren: "Verlobung? Ihr hinterhältiges Pack!" Tjard war derweil zum Gegenangriff übergegangen und segnete mit einem Schöpflöffel Tomatensoße den Bund der frisch Verlobten. Die anderen griffen sich Mehlstaub. Und bald war die Küche weiß und rot gepunktet, so, als sei hier ein Slapstickfilm mit den Keystone Kops gedreht worden.

Nachdem sie sich ausgetobt hatten, fuhren Niklas, Britta und Sonja in Svens Buggy rüber zu Niks Pfahlbau. Alle vier waren sie über und über mit Mehl, Zwiebelringen, Bechamel- und Tomatensoße beklebt. Nik freute sich schon auf die Hochzeit: "Wahrscheinlich fliegen da Sahnetorten." Sonja gab Sven einen Kuß. Ob er auch um sie kämpfen werde, wenn sie ihn nicht heirate? Sven tat erstaunt: "Was? Du willst mich nicht heiraten?!" Er sah Sonja drohend an und begann sie zu pieksen. Kreischend rannte sie in die Hütte, Sven hinterher. Wenn man ihn gefragt hätte, hätte er sofort zugegeben, daß Sonja Jasminoff, die kleine Russin aus St. Petersburg, die er aus den Fängen einer nach außen sehr seriös auftretenden Hamburger Werbeagentur gerettet hatte, das seit langem Beste war, was ihm das Leben bieten konnte. Die Affäre, die er mit Britta Behrend hatte, war seitdem vergessen; er neidete sie seinem Freund Nik nicht. Der freute sich: "Eine Hochzeit kommt selten allein, was?" Britta musterte ihn kritisch: "Manche Leute haben eben Angst vor der Stunde der Wahrheit."

Am nächsten Morgen. Christine Andersen bastelte wieder – oder noch immer? – an ihrem schrottreifen Rasenmäher. Hände und Gesicht waren ölverschmiert. "Langsam macht er mir Sorgen", begrüßte sie ihren Sohn. "Vielleicht sollte ich ihn doch einschläfern lassen. Oder kann mir Dr. Nik noch einmal aus der Patsche helfen?" Nik nahm ihr das Ventil aus der Hand und hielt es prüfend gegen die Sonne: "Keine Angst. Ich weiß, du brauchst dein Geld für Wichtigeres." Er räusperte sich, und nach ein paar gekonnten Handgriffen grinste er seine Mutter an: "Sauber. Kann wieder eingesetzt werden."
Bevor Niklas nach dem Kredit fragen konnte, hörten sie Jürgen Weingart aus dem offenen Fenster im ersten Stock der Pension brüllen: "Phillip! Du kommst sofort her und

machst diese Schweinerei wieder sauber! Wirst du wohl gehorchen!" Christine schüttelte den Kopf: "Die haben wirklich Probleme mit sich selbst. Seit sie hier sind, haben sie nichts Besseres zu tun, als ihren Sohn anzuschreien." Nik nahm sie in den Arm: "Nicht jeder wird so von einer liebenden Mutter umsorgt wie ich, die einem jeden Wunsch von den Augen abliest." Christine lächelte und drückte ihren Sohn weg: Zweitausend! Mehr habe sie auf die Schnelle nicht auftreiben können. Überglücklich wirbelte Nik seine Mutter durch die Luft, bis sie keuchte und die Scheine freiwillig herausgab: "Laß los, du Herzensbrecher. Du brichst mir ja nicht nur das Herz, sondern gleich alle Rippen mit dazu!" Nachdem er sich abgeregt hatte, hielt Nik die beiden Riesen gegen das Sonnenlicht und spielte den Mißtrauischen: "Woher kommt das? Hast du ein paar Mafiosi zu Besuch?"

Statt der erwarteten Mafiosi erschien John Westermann in der Tür und reichte Christine ein Glas frisch gepreßten Orangensaft. Dann zwinkert er Nik, der völlig baff war, verschwörerisch zu: "Jeden Monat einhundert. 20 Monate lang. Okay?" Nik zerrann das Gesicht. Da mußte doch irgendwo ein Haken sein. Aber Christine beruhigte ihren Sohn: "Er tut's nur mir zuliebe." Erleichtert schlug Nik in Westermanns angebotene Rechte: "Danke. Übrigens, da Sie Ihren spendablen Tag haben: Könnten Sie meiner Mutter nicht gleich einen neuen Rasenmäher kaufen?"

Wenn der Tag so weiterging…Nik trommelte am Lenkrad seines Wagens den Rhythmus von James Browns *I feel good*, als er plötzlich im Rückspiegel jemanden hinten im Wagen sah. Unwillkürlich stieg er in die Bremsen, und

der blinde Passagier knallte mit dem Kopf gegen das Autoradio. James Brown fand dazu keine Worte mehr.
Ein Wagen überholte. Der aufgebrachte Fahrer hupte. Niklas Andersen kümmerte sich nicht darum. Seine Sorge galt dem kleinen Phillip: "Was machst du denn hier drin?" Phillip rieb sich die Stirn und lächelte tapfer: "Ich will nicht mehr zurück. Ich will bei dir bleiben und Surfer werden."
Auf die obligate Frage, ob seine Eltern sich keine Sorgen machen würden, schüttelte der Kleine den Kopf: "Tun sie garantiert nicht. Die wollen mir nur weh tun. Können Sie mich nicht mitnehmen? Ich zahl' auch, wenn Sie mich vor meinen Eltern verstecken." Er kramte in seiner Hosentasche und hielt Nik die geöffnete Hand hin: Ein paar Münzen, Kaugummi und ein Taschenmesser kamen zum Vorschein. Nik mußte lächeln und forderte Phillip auf, das Zeug wieder einzustecken und in seine Handfläche zu schlagen. Dann fuhr er mit dem Jungen in Rockys Pizzeria.
Während es sich der Kleine schmecken ließ, suchte Nik bei Martina Rat: "Phillip hat mir erzählt, daß sein Vater ihn häufig schlägt. Mit einem Gürtel." Martina bekundete zwar Anteilnahme, aber man merkte, daß sie ihren Kopf zur Zeit nicht freimachen konnte für die Probleme anderer. Schließlich stand ihre Hochzeit vor der Tür mit einer Menge Verpflichtungen – und gleich mußte sie noch mit Britta los, um ein Brautkleid auszusuchen.

Auch Sven war beschäftigt. Gerade schloß er im Pfahlbau den neuen PC an, mit dem er sich den Traum, eine eigene Werbeagentur zu gründen, erfüllen wollte, und war mit seinen Gedanken ganz woanders, als ihm Nik den Gast vorstellte: "Wie lange soll der Kleine denn bleiben?" Niklas zuckt mit den Achseln: "Solange, bis ich herausgefunden habe, ob er zu seinen Eltern zurückkann oder nicht." Sven hörte es nur mit einem Ohr und fummelte weiter.

Nik ließ den Jungen bei Sven und fuhr zu den Surfcontainern hinüber. Von der Pizzeria aus hatte er seine Mutter angerufen und gebeten, die Weingarts zu einem Treff zu bestellen. Heidi und Jürgen Weingart standen schon mit Tjard, Boje und Timo zusammen, als Niks Bulli vorfuhr. Sofort wurde er von Jürgen Weingart bestürmt. Wo sein Sohn sei?

"Bei einem Freund", erwiderte Nik cool und versuchte seine Erregung zu überspielen. "Was soll das heißen?" Weingarts Miene verlor jäh den Halt. "Was haben Sie mit ihm gemacht?" Niklas tat, als ob er nur Bahnhof verstehe, und erklärte, daß in St. Peter auch ein Kind ein Recht habe, sich zu erholen.

"Du Dreckskerl!" Zornesröte im Gesicht, stürzte sich Weingart auf Nik und riß ihn zu Boden. "Ich will meinen Jungen zurück! Hast du verstanden?!"

Aber bevor Weingart zuschlagen konnte, waren die anderen über ihm und rissen ihn von Nik weg. Weingart, im sicheren Haltegriff der Clique, tobte wie ein Verrückter. Es dauerte, bis er sich ein wenig beruhigt hatte und sich verärgert losmachte: "Ich möchte, daß Phillip bis heute abend wieder zu Hause ist. Sonst schalte ich die Polizei ein und erstatte Anzeige wegen Kindesentführung. Klar?"

In Heidi Weingarts Augen standen Tränen, als Niklas ihm, zum Kampf entschlossen, nachrief, er solle sich besser vorsehen, daß er keine Gegenanzeige wegen Kindesmißhandlung bekomme. Im Flüsterton gab er der Frau zu verstehen, sie solle um 16 Uhr zurückkommen, ohne ihren Mann.

Phillip, der von alldem nichts ahnte, war unterdessen voll damit beschäftigt, Sven in einem Sandhügel einzubuddeln, bis nur noch Kopf und Füße herausschauten. Und der Kopf mußte gerade niesen. Sonja kam zu seiner Rettung und kratzte ihn an der Nase.
"Du bist ja ein richtiger Baumeister", lobte Sonja den Kleinen, der mit einem neuen Eimer voll nassem Sand gelaufen kam. Stolz betrachtete Phillip sein Werk: "Das ist der Koloß von Rhodos." Sonja mußte lachen: "Meinst du wirklich? Ich finde, der Koloß sollte noch einen viel kolossaleren Bauch haben." Sie half Phillip, den Sand auf den Hügel zu schütten, dorthin, wo sie Svens Bauch vermutete.
"Wenn ihr so weitermacht", stöhnte der, "könnt ihr meinen Hintern später in China ausgraben." Aber Sonja ließ sich nicht beirren und nutzte die Situation des Wehrlosen weidlich aus. Sie riß zwei Halme Reetgras aus, um die Sohlen des "Kolosses" wieder auf Trab zu bringen. Svens Schrei schreckte einen Schwarm verschlafener Möwen auf.

Etwas später versammelte sich die Clique um den Tisch im Pfahlbau und beratschlagte, während Phillip Sonja beim Kochen zur Hand ging. Als erster meldete sich Timo zu Wort; er hatte grundsätzlich nichts gegen Schläge einzuwenden: "Mir hat das auch nicht geschadet, daß ich ab

und zu eins hinter die Löffel gekriegt hab'." Tjard verzog neckisch das Gesicht, bis es Quasimodo, dem Glöckner von Notre Dame, ähnelte: "Nicht geschadet? Na, dann sieh mal in den Spiegel." Aber so mir nichts, dir nichts und gegen den Willen seiner Eltern könne man Phillip doch hier nicht festhalten: So was zu entscheiden sei Sache des Jugendamtes.
"Und die stecken ihn dann in ein Heim, wenn's hart auf hart kommt", gab Niklas zu bedenken. Außerdem wolle er heute nachmittag mit Frau Weingart reden: "Ich glaube, sie hat wirklich Angst um ihren Sohn. Vielleicht kann ich sie überzeugen, ihren Mann anzuzeigen."

Tatsächlich erschien Heidi Weingart pünktlich am verabredeten Ort, wo Nik sie mit dem VW-Bus abholte, um sie zum Pfahlbau zu bringen. Ganz erschrocken war die Frau, als sie ihren Sohn mit der Clique auf dem Meer sah. Der Kleine stand mit Sven auf dessen Surfbrett und hatte eine Schwimmweste an: "Mein Gott, wenn er ins Wasser fällt!" Aber Phillip machte Sven alle Griffe wie ein Alter nach. So viel Spaß hatte der Junge schon seit Jahren nicht mehr gehabt. Jetzt war auch Heidi Weingart erstaunt, Phillip zum erstenmal seit langer Zeit wieder lachen zu sehen.
Bei einem Glas Eistee schenkte Nik Frau Weingart "reinen Wein" ein: Wie lange sie noch untätig zuschauen wolle? Heidi Weingart schaute ihn verblüfft an: "Soll ich etwa zur Polizei gehen?" Eben das hielt Niklas für die einzig richtige Lösung. Heidi Weingart drehte sich um und sah, mit den Tränen kämpfend, nach draußen, wo Phillip mit den anderen herumtollte: "Jürgen hat vor drei

Jahren seinen Arbeitsplatz verloren. Es wird bestimmt alles anders, wenn er eine neue Stelle hat." Dann brach es aus ihr heraus: "Es hat kurz nach unserer Hochzeit angefangen. Auf einmal war Jürgen wie ausgewechselt und ist richtig jähzornig geworden. Ständig war er betrunken und hat sich sogar mit seinen Arbeitskollegen überworfen und geprügelt, wenn ihm etwas gegen den Strich ging. Und als Phillip kam, hat er alles an ihm ausgelassen." Warum sie sich nicht schon längst habe scheiden lassen, erkundigte sich Nik vorsichtig. Weil sie ihren Mann immer noch liebe: "Wir sind nach St. Peter-Ording gekommen, um einen Segelausflug zu machen. Es ist eine Menge Geschirr zerbrochen, aber noch ist es nicht zu spät – und wir können vielleicht wieder eine Familie werden." Nein, die Polizei werde sie auf gar keinen Fall einschalten.
Als Phillip seine Mutter aus dem Pfahlbau kommen sah, rannte er erschrocken zu Sven und faßte ihn instinktiv an der Hand: "Ich will nicht zurück zu Papa. Ich will hier bei euch bleiben." Sonja versuchte zu vermitteln: "Kann Phillip nicht doch noch ein paar Tage bei uns bleiben, Frau Weingart?" Und Britta versprach, sie würden auch mit ihrem Mann reden. Heidi Weingart war überrascht: "Und ich dachte, Eure Generation würde sich nur für sich selbst interessieren. Also gut. Aber Ihr müßt mir versprechen, daß er nicht irgendwelche gefährlichen Dinge macht." Niklas fuhr die total verunsicherte Frau in die Pension zurück.

Beim Abendessen, während ihr Mann nervös auf seine Uhr starrte, wild entschlossen, im richtigen Moment die Polizei zu verständigen, gestand Heidi Weingart, daß sie

Phillip am Nachmittag bei der Clique besucht und ein Arrangement getroffen habe. "Ein Arrangement?" Jürgen Weingart stierte seine Frau fassungslos an und polterte dann los: "Ich laß mir meine Familie von niemandem kaputtmachen!" Heidi Weingart konterte: "Wenn jemand unsere Familie zerstört, dann bist du das!" Weingarts Hand zuckte bedrohlich, doch da erschien als rettender Schutzengel Christine, um die Speisekarten einzusammeln. Weingart warf seiner Frau noch einen Blick zu, der hätte toten können, und verließ wortlos den Raum.

Heidi Weingart folgte Christine in die Küche. Sie brauchte jetzt jemanden, mit dem sie sich aussprechen konnte. Christine tröstete sie, so gut es ging: "Wissen Sie, ich war alleinerziehend – und als mein Sohn sieben oder acht war, hat er mich rasend gemacht. Es verging kein Tag, an dem wir uns nicht in den Haaren lagen. Es war wie Katz und Maus. Bis ich eines Tages entdeckte, was schuld daran war. Niklas fühlte sich vernachlässigt, das war alles. Wir hatten damals eine schwere Zeit. Die Pension lief nicht so gut, und ich mußte nebenbei putzen gehen. Da hatte er das Gefühl, ich würde ihn nicht lieben. Dabei war es nur Zeitmangel. Ich hab' ihn dann einfach mitgenommen. Die erste halbe Stunde hat er mir geholfen. Dann ist er immer eingeschlafen. Aber er war bei mir. Das war das Wichtigste. Und seitdem weiß ich: Was man gibt, bekommt man wieder zurück."

Am nächsten Morgen war es so ruhig wie vor einem Sturm. Sven und Sonja schliefen engumschlungen in ihrem Doppelbett im Pfahlbau. Auch Phillip döste noch, während Nik und Britta schon mit dem

Frühstücksgeschirr klapperten. Britta hatte Bedenken: Sie hätten kein Recht, anderen Leuten ein Kind wegzunehmen. Phillip sei ganz klar ein Fall für die Polizei und fürs Jugendamt, die weit bessere Möglichkeiten hätten, die Eltern unter Druck zu setzen. Niklas schüttelte energisch den Kopf:
"Meinst du vielleicht wöchentliche Kontrollen, Versöhnungsgespräche und so weiter? Dann stecken wir den Kleinen und seine Eltern am besten gleich in getrennte Käfige, um sie voreinander zu schützen…"
Ein Geräusch unterbrach sie. Phillip war wach geworden und sah Nik einen Augenblick mit großen Augen an. Die blanke Verzeiflung stand in seinem kleinen Gesicht, und er rannte hinaus. Niklas lief ihm nach und bekam den Jungen am Ende der Treppe zu fassen. Phillip wehrte sich mit Händen und Füßen:
"Laß mich los. Du bist nicht mehr mein Freund. Du hast mich angelogen. Ich will nicht eingesperrt werden. Niemand von euch ist mein Freund."
"Jetzt halt' mal die Luft an!" schnaubte Nik. Das wirkte. Dann sah er ihm in die Augen: "Ich bin dein Freund, kapiert?" Erleichtert setzten sich beide in den Sand: Wie es wäre, wenn sich seine Mutter scheiden ließe? Phillip wußte, wie das war – Scheidung: Die Eltern von Daniel, einem Klassenkameraden, hatten sich auch scheiden lassen.

Heidi Weingart lag mit offenen Augen im Bett. Sie hatte die Nacht allein verbracht. Da flog die Tür auf, und ihr Mann polterte herein. Er sah schmuddelig aus, unrasiert – und betrunken war er auch, keine Frage. Sie stand auf, aber gleich versetzte ihr Jürgen eine Ohrfeige, die sie zurück aufs Bett warf: "Wenn du mir nicht sagst, wo mein Sohn ist, schlag' ich dich windelweich, das kannst du mir glauben!"

Sonja saß mit Phillip in Niks Pfahlbau im Schaukelstuhl und las ihm ein Märchen vor. Sven bastelte an seinem Computer. Plötzlich tauchte Jürgen Weingart auf und zerstörte die Eintracht. Phillip suchte bei Sven Schutz, aber schon hatte ihn sein Vater am Kragen gepackt und schleifte ihn zur Tür: "Wir machen jetzt einen Familienausflug, Sohn. Und dann wird alles wieder gut, verstanden?!"
Sven und Sonja sahen gerade noch, wie Weingart Phillip, als wäre er ein Gepäckstück und nicht ein Wesen aus Fleisch und Blut, im Auto verstaute. Auf dem Beifahrersitz, mit wächsernem Gesicht, Heidi Weingart. Sofort wollte Sonja die Polizei anrufen, aber Sven riet ab: "Das bringt gar nichts. Schließlich ist er Phillips Vater. Und Erziehung ist immer noch Privatsache." Sie einigten sich darauf, die Clique zusammenzutrommeln. Nik furchte die Stirn, als er von dem geplanten Familienausflug erfuhr: Dann wisse er, wo Weingart sei.

Weingart hockte mit seinem Sohn an der Reling eines Angelkutters, den er für den Ausflug gechartert hatte. Heidi Weingart war nur noch ein Häufchen Elend. Ihre Augen waren rot und verschwommen, so geweint hatte sie. Neben Weingart, im Holz der Reling, steckte ein Messer. Der Mann bemühte sich, seinem eingeschüchterten Sohn das ABC des Angelns zu vermitteln, wie er es von seinem Vater gelernt hatte. Plötzlich stutzte er, kniff

die Augen zusammen, um besser sehen zu können. Zwei Surfsegel. Es waren Sven und Boje. Weingart zog das Messer aus dem Holz: "Könnt ihr uns nicht in Ruhe lassen?!" Phillip habe ein Geschenk vergessen, rief Sven zurück: ein Märchenbuch. Und ehe sich Weingart versah, waren Tjard und Nik hinter ihm. Nik hielt Phillip das Buch hin, aber der Junge wagte nicht, sich zu rühren. Schaute zu seinem Vater auf, in dessen Hand immer noch das Messer blitzte. Niklas forderte den Kleinen auf, seinem Vater zu sagen, daß sie Freunde seien, ihm zu erklären, vor wem er wirklich Angst habe.
Jetzt reichte es Weingart. Wie ein wilder Eber ging er mit dem Messer auf Nik los. Der wehrte den Angriff mit dem Buch ab. In diesem Moment erwachte Phillip wie aus einer Trance. Er stürzte sich auf den Rücken seines Vaters und hieb mit den kleinen Fäusten auf ihn ein: "Du darfst ihm nicht weh tun! Nik ist mein Freund. Du darfst ihm nicht weh tun." Niklas konnte Weingart das Messer aus der Hand schlagen.
"Ich hab' Angst!" schrie Phillip weiter. "Angst vor dir!" Weingart, dem jetzt alles zuzutrauen war, sah mit einemmal rot und schüttelte Phillip unsanft ab: "Du kleiner Dreckskerl, was fällt dir ein?! So redest du mit deinem Vater?!" Er wollte Phillip schlagen, aber Heidi Weingart schnappte sich das Messer und warf sich zwischen die beiden: "Wenn du ihn noch einmal anrührst, bring' ich dich um!" Phillip rappelte sich auf und suchte hinter seiner Mutter Schutz. Weingart, der nicht wußte, wie ihm geschah, verlangte von seiner Frau, sie solle ihm das Messer zurückgeben. Dann wolle er alles vergessen. Mit dem Mut der Verzweiflung bot eine Selbstbewußtsein

gewinnende Heidi Weingart ihrem Mann Paroli: "Ich will das aber nicht vergessen. Das einzige, was ich vergessen will, bist du. Ich will, daß du uns in Ruhe läßt. Für immer." Sie bat Sven, sie mit dem Beiboot zurückzubringen. Das Messer, als wolle sie auf diese Weise die Trennung besiegeln, warf sie ins Wasser. Weingart sah sprachlos zu, unfähig zu reagieren.
Die ganze Clique hatte sich versammelt, als sich Heidi von Frau Westermann und Nik verabschiedeten: "Ich glaube, es ist gut, daß der Junge seinen Vater die nächsten Wochen nicht sieht. Ich hoffe nur, daß die Scheidung schnell und unkompliziert abläuft." Phillip ließ sich unterdessen von all seinen Freunden das Märchenbuch signieren. Nik ging in die Hocke, setzte seinen Namen als letzter drunter: "Mach's gut, mein Freund." Phillip lächelte: "Du auch…mein Freund." Phillip hielt die Handfläche hoch, und Nik schlug sanft ein.

Als Heidi und Phillip weg waren, erschien John Westermann auf der Bildfläche und brachte Christine einen neuen Rasenmäher: sozusagen als erstes Hochzeitsgeschenk. Alles sah ihn fragend an. "Hast du's noch nicht erzählt?" wollte er von Christine wissen, die eilig den Kopf schüttelte. "Ach, was soll der ganze Zirkus? Wir haben das seit vier Wochen mit Martina und Rocky geplant." Niklas und Sven runzelten die Stirn: ein Komplott? Christine nahm John in den Arm: "Eine Doppelhochzeit. Wollt ihr uns nicht gratulieren…?!" Die beiden Surfcracks schauten einander entgeistert an: "Neiiiiin!"

2
Liebesreigen

Aufgeräumt und mit frischen Brötchen sowie der Morgenzeitung betrat Nik den Pfahlbau: "Moin."
Sven und Sonja deckten – zirkusreif, wie es sich gehörte – den Tisch. Sonja warf Sven Tassen, Teller und Besteck zu: " ...und hepp!"
Wieso nur für drei gedeckt sei, staunte Nik. Britta sei schon los in die Reha-Klinik, um sich psychisch auf ihren neuen Chef vorzubereiten, der heute seinen Einstand geben wollte. Resigniert ließ Sven den Stellenteil der Zeitung fallen, die er Nik aus der Hand gerissen hatte.
"Sucht denn niemand ein gelerntes Genie?" versuchte Nik ihn zu foppen.
"Ungelernte wie dich suchen sie massenhaft, diese Kleingeister", schnappte Sven und schob die Zeitung rüber zu Niklas. Niks Blick fiel gleich auf eine Doppelseite für Brautkleider und Smokings: "Nirgendwo kannst du mehr hingehen, ohne daß du auf so einen Mist stößt." Das Wagnis, das seine Mutter mit John Westermann eingehen wollte, trübte ihm immer noch den Sinn.
Aber so eine Hochzeit sei doch ein Freudentag, flötete Sonja, nicht ohne gewisse Hintergedanken, die ihre und Svens nähere Zukunft betrafen.
"Für seinen Vater vielleicht." Nik deutete mit dem Kinn auf Sven. "Sein Alter macht mit meiner Mutter doch 'ne

echt gute Partie."
Sven war beleidigt: "Ach, und deine Mutter vielleicht nicht? Die kann froh sein, daß er sich so leicht breitschlagen läßt."
"Soll das heißen, sie hätte keinen Besseren mehr abbekommen?!" fauchte Nik seinen Freund an.
Sonja unterbrach den Streit der ungleichen Brüder in spe: "Jetzt hört endlich mit euren Kindereien auf! Ist ja nicht zum Aushalten!"

Am Surfcontainer malte sich der Rest der Clique gerade den massierten Umfang von Rockys Verwandtschaft aus. "Wenn er alle Verwandten und Bekannten einlädt, gibt's in der Kirche Schichtsitzen."
Timo imitierte den genervten Pfarrer: "Und jetzt bitte die Gäste mit den Nummern 120-240. Halleluja."
Tjard verzog nur, friesisch-herb, den Mund. "Und vergeßt nicht die Sippschaft von Frau Andersen und Westermann", erinnerte Tanja. "Na, immerhin, die Parties von dem Alten sind immer Spitzenklasse!"

Westermann zog im Schwimmbad des Sporthotels seine Runden. Als er seinen Sohn kommen sah, kraulte er mit der Grazie eines Nilpferds zum Beckenrand: "Na, Sven, hättest du nicht Lust, unsere Hochzeitsparty zu organisieren? Die Viererbande gibt dir auch den Freiraum, den so'n Kreativer wie du braucht. Müßte doch garantiert 'ne Herausforderung sein für so'n Werbefuzzi wie dich." Sven sah nicht unbedingt beglückt aus. "Geld spielt keine Rolle", versuchte ihn der Alte aus der Reserve zu locken. Dieses Argument zog bei Sven immer. Er sagte zu.

Christine saß in ihrer Pension über dem Brautkleid und lutschte an ihrem Daumen. Auf dem Tisch stand eine Schachtel mit Abstecknadeln. Niklas brachte ihr zwei Stoffbären, die sich umarmten: "Damit du jemanden hast, der dich nachts wärmt." Er war immer noch wie vor den Kopf gestoßen, daß seine Mutter ausgerechnet diesen Westermann heiraten wollte. Und er sollte in seinem Alter noch einen Stiefvater bekommen. Papi Westermann – nein danke!
"Ich versteh's ja selber nicht", kam Christine seinen nagenden Zweifeln zuvor. "Alles, was ich weiß, ist, daß ich seine Frau sein möchte. Nun mach' doch nicht so ein Gesicht, Niklas. Du mußt das so sehen: Du verlierst nicht eine Mutter, sondern gewinnst einen Vater." Nik sah sie düster an und lächelte gezwungen: "Und einen Bruder gleich mit dazu."

Später, in Rockys Pizzeria, machte er weiter gute Miene zum vermeintlich bösen Spiel und half seinen Freunden Einladungskarten in Kuverts stecken und zukleben. Rocky servierte eine große Diavolo, während Sonja in die Runde blickte und sich fragte, wer von ihnen wohl der nächste im ehelichen Hafen sein würde..
Timo fühlte sich gleich angesprochen und schwärmte lautstark von einer gewissen Lydia: "Ich hab' mir schon überlegt, ob ich mir nicht ihren Namen eintätowieren lassen soll." Boje bot sich vorsorglich schon mal als Trauzeuge an, aber Timo winkte ab: "Heiraten ist nur für Spießer." Da kreuzte Sven auf: "Moin, Leckabteilung. Wo ist Rocky?" Alle, außer Niklas, deuteten in Richtung Küche. Er wäre froh, wenn er einen Bruder wie Sven

hätte, meinte Timo. Niklas korrigierte ihn: Sie seien keine richtigen Brüder. "Für mich wart ihr immer wie Brüder", lachte Timo. "Vor allem, wenn ihr euch gezankt habt."
In der Küche wirbelte Rocky gekonnt den Boden einer Pizza Amore durch die Luft. Sven nahm einen Paprikastreifen in den Mund und fragte, ob er nicht einen italienischen Tenor an der Hand habe, der die Hochzeit der Viererbande musikalisch begleiten könne: Es müsse ja kein Pavarotti sein, wenigstens was den Preis angehe. Rocky setzte seine grauen Gehirnzellen in Betrieb: "Ein Freund von mir ist Straßenmusikant. Pepino heißt er. Ich kann ihn ja mal ansprechen."
In diesem Moment kam Niklas in die Küche, um seine Meinungsverschiedenheit mit Sven beizulegen: "Das wegen heute morgen tut mir leid." Doch der Versuch schlug fehl, fürs erste, und sie gerieten gleich wieder in Streit, als Sven scherzte, schließlich werde es ja Zeit, daß Nik einen anständigen Nachnamen bekomme. Pikiert überlegte Nik: "Niklas Westermann?! Das schmink' dir mal schnell ab." Jetzt war Sven wieder sauer: "Denkst du vielleicht, ich möchte Sven Andersen heißen?!" Niklas mochte nicht der Klügere sein und nachgeben: "Du solltest froh sein, wenn du einen Namen bekommst, der hier noch was gilt." Andersen, dieser lächerliche Name, sei doch nur ein Synonym für Loser, explodierte Sven. Die beiden Streithähne stürzten sich aufeinander und prallten voll gegen die Ablage. Mehrere Metallschüsseln fielen scheppernd zu Boden. Rocky versuchte sein Inventar zu retten: "Wenn ihr euch unbedingt prügeln müßt, dann macht das draußen auf der Straße, aber nicht in meiner Küche!" Die anderen, die hinzukamen, wollten die beiden

vergeblich trennen. Erst ein Pfiff Martinas ließ alle zu Salzsäulen erstarren: "Ich lasse mir von euch doch nicht den glücklichsten Tag meines Lebens vermiesen." Die Clique entkrampfte sich. "Du meine Güte", fiel Rocky aus allen Wolken. "Ich heirate ja eine Löwin."
Da hatte Nik eine, wie er dachte, gelungene Idee, wie sie ihre Eltern auf die Probe stellen können, ob sie es wirklich ernst meinten. Beim gemeinsamen Joggen am Strand schlug er Sven vor, seinem Vater ein "Rasseweib" auf den Hals zu hetzen: "Wenn er da durchkommt, kann er von mir aus meine Mutter heiraten." Sven tippte sich an die Stirn: "Hab' ich dich irgendwie am Kopf getroffen? Oder hältst du deine Mutter wirklich für eine Heilige?" Beleidigt hielt Niklas an: "Meine Mutter interessiert sich nicht für andere Männer." Woher er das wissen wolle, fragte Sven spöttisch, und erklärte die Spiele für eröffnet. Die Wette lief, welcher Elternteil sich zuerst von Fleischeslust übermannen ließ.

Eine wie Gloria kam den beiden da wie gerufen. Gloria Paplitz war eine attraktive Mittdreißigerin, unverheiratet – und erschien just im rechten Moment am Surfcontainer, nachdem man ihr im Sporthotel gesagt hatte, hier werde sie Leute treffen, die ihr das Surfen beibringen würden. Sven klopfte Nik auf die Schulter, was soviel bedeuten sollte wie: Das ist dein Job – die Wette gilt.
Lächelnd nahm Gloria den Schwarzhaarigen in Augenschein: "Freut mich."
Dann ließ Sven die beiden allein und machte einen Abstecher in die Pizzeria, wo zwei Frauen soeben begeistert einen italienischen Gitarristen anhimmelten. Rocky

stellte ihn vor: Das sei Pepino, der auf seiner Hochzeit singen sollte.
"Ah, hallo", unterbrach Pepino seinen Italo-Schmalzsong. "Rocky hat mir gezählt, daß es viele Leute kommen zu die große Hochzeit. Gut Kohle, gut Lieder, okay?" Sven war einverstanden. Dann überlegte er kurz, denn es war ihm noch was eingefallen.

"Vielleicht hätt' ich da noch einen Zusatzjob für dich, Pepino. Hast du Lust?" Für einen Troubadour kein Problem: "Wie ich das schon sagte: Wenn Kohle o.k..." Nik hatte schon mit der ersten Trainingsstunde begonnen. Gloria stand auf dem Übungsbrett, Niklas dicht hinter ihr. "Nik ist wirklich ein Crack", mußte Timo zugeben, als er mit Lydia, seiner neuen Flamme, vorbeikam. "Im Surfen, mein' ich." Er gab Lydia einen Kuß. Seufzend drehte sich Nik zu Gloria um, die ihn anlächelte: "Hast du Lust auf Sauna? Bei mir im Hotel?"

Niklas machte einen leicht verkrampften Eindruck, als er mit Gloria in der dampfenden Sauna hockte. Zielsicher ließ die Dame ihr hübsches Haupt kreisen: "Ich glaub', ich hab' mir am Strand etwas den Nacken verrissen. Würdest du mich massieren? Bitte." Nik räusperte sich, rutschte dichter zu Gloria, die ihren Nacken freilegte, und begann mit der Massage. Ungeschickt versuchte er das Thema zu wechseln und auf Westermann zu sprechen zu kommen, aber Gloria bat ihn, die Gunst der Stunde jetzt nicht durch Einflechten anderer Namen zu stören, drehte sich um und gab Nik einen Kuß: "Du hast doch keine Angst, oder?! Du bist doch schon erwachsen!" Nik druckste herum, doch so was erregte eine Gloria um so mehr: "Was für ein süßer, schüchterner Bengel du bist. Ich könnte dich auf der Stelle auffressen." Sie zog Niklas an sich, verbiß sich in seinen Hals. Der wehrte sich, als gehe es gegen ein wildes Raubtier. Endlich gelang es ihm, sich loszumachen, um sich schleunigst zu verabschieden. Glorias Opfer sollte doch ein ganz anderer sein: Die Wette, Junge, denk' an die Wette! Nicht er wollte doch vernascht werden, Westermann sollte es treffen, das alte Schlitzohr!

Mißtrauisch schnüffelte Britta an seinem T-Shirt, als Niklas zum Pfahlbau zurückkam: "Ist das etwa Parfüm?" Nik geriet ins Schwitzen: "Ich...äh...ich war noch im Supermarkt. Und da war so 'ne Kosmetiktussi, die mich mit 'ner Probe eingesprüht hat. Leidenschaftliche Blümchen oder wie das Zeugs hieß." Sven und Sonja verdrückten sich ins Schlafzimmer und überließen die beiden jetzt lieber sich selbst. "Kannst du mir mal flüstern, was das soll?" meckerte Britta munter drauflos. Bevor Nik unter die Dusche flüchten konnte, bemerkte sie auch schon einen verräterischen Knutschfleck.
"Was stellt denn das dar?! Ich hoffe, du bist von einer Qualle geküßt worden! Am besten bewirbst du dich an der Volkshochschule für einen Märchenkurs."

Christine Andersen schwitzte in ihrer Küche über einem Nudelgericht und brütete über dem neuen kombinierten Familiennamen: "Christine Westermann-Andersen. Andersen-Westermann. Da hol' ich mir ja einen Schreibkrampf. John Andersen. Schon besser. Christine und John Andersen." Ein Schatten schreckte sie aus ihren Gedanken. Vor Schreck ließ sie eine Sahnetüte fallen. Der

Schatten, der sich als Pepino vorstellte, entschuldigte sich und bot an, den feuchten Schaden zu ersetzen. Christine winkte ab. Irgendwie gefiel ihr der Kerl, auch wenn er ein bißchen jung war. Oder vielleicht gerade weil er so jung und italienisch noch dazu war, fuhr sich die erfahrene Frau mit der Zunge über die Lippen. Erwartungsvoll rieselte die Spannung durch ihren Körper. Über einer Flasche Tequila kam man sich näher. Christine mußte Tränen lachen. Pepino war ein exzellenter Geschichtenerzähler. Beide leckten Salz, lutschten eine Zitronenscheibe und kippten das Gesöff in Richtung Gurgel. Christine verzog das Gesicht: "Das wird ja immer saurer." Für Pepino war das ganz in Ordnung so: "Saurer machen lustig. Das nicht deutsche Redeart?"

Als Niklas spät abends noch einmal reinschaute, sah er eine aufgelöste Christine an Pepinos Schulter. Er warf einen fragenden Blick auf den südländischen Charmeur, entschuldigte seine Mutter für einen Augenblick und führte sie untergehakt nach draußen: "Du solltest jetzt keinen Unsinn machen." Zwei schnelle Furchen auf Christines Stirn füllten sich und verschwanden wieder: "Was soll das heißen?" Nik begann zu stottern: "Ich meine...du.... äh...du willst doch mit Westermann glücklich werden. Dann...solltest du besser...x aufpassen." Christine verstand nicht: "Habe ich jetzt zuviel getrunken oder du?" Niklas meinte, es sei doch ganz klar, daß Pepino etwas von ihr wolle, und er begann auch zu ahnen, welcher gute Freund den Italiener mobilisiert hatte. Christine war verärgert: "Zu sowas gehören immer noch zwei. Ich finde es ziemlich traurig, daß du mir in dieser

Hinsicht nicht traust. Ich kommentier' ja auch nicht den Knutschfleck an deinem Hals." Abrupt drehte sie sich um und ließ Nik im Freien stehen, der sich verschämt den Nacken rieb. Drinnen hörte er Pepino jauchzen. Es stand eins zu null für Sven!

Gleich am nächsten Morgen, als Britta weg war, machte sich auch Sven den Spaß, in die Kerbe zu hauen, die Niks Hals rot wie eine offene Wunde zierte, und seinen Freund auf den Knutschfleck anzusprechen: "Sollte der nicht für meinen Vater sein?" Nik wurde ganz unruhig: "Wir müssen die Sache abblasen. Kannst du nicht deinen Casanova zurückpfeifen?" Sven grinste überlegen: "Sie ist wohl doch nur aus Fleisch und Blut? Tja, Pech gehabt. Die Bombe tickt, und ich habe nicht vor, sie zu entschärfen. Wie sollen wir sonst wissen, ob sie es wirklich wert ist, meine Mutter zu werden?" Das mochte sich Nik natürlich nicht bieten lassen: Die Folgen habe er sich und seiner Überheblichkeit zuzuschreiben.

Am nächsten Tag baggerte er Gloria an, als sei er in Svens Neoprenanzug geschlüpft. Gloria schien angenehm überrascht, als ihr Nik, wie sie ihr Board hochhob, anerkennend auf den Allerwertesten klopfte. Er lächelte, deutete aufs Wasser.
"Und los und ab!"
"Du bist ja ein ganz Frecher!" trällerte Gloria und hüpfte ihm hinterher. Ja, von nichts kommt bekanntlich nichts. Just in dem Moment, als Gloria Niklas neckisch im Wasser zu Fall brachte, kam Britta, der ein komischer Verdacht keine Ruhe gelassen hatte, an den Strand gera-

delt. Aber sie hatte die beiden nicht bemerkt. Gloria, total entfesselt, knutschte Nik derweil unter Wasser nieder. Der war überwältigt, spuckte Wasser und Worte der Abwehr, als er wieder auftauchte: "Gloria! Können wir das nicht später machen, in aller Ruhe?" Aber Gloria gefiel es so und nicht anders. Bett fand sie langweilig, profan sozusagen. Sie schoß auf Nik zu und zerrte ihn wieder unter Wasser. Britta, die jetzt bei den Surfcontainern angelangt war, suchte den Horizont ab. Nik und Gloria tauchten wieder auf. Niklas schlug vor, daß sie sich heute abend in der Hotelsauna treffen sollten, und kraulte zum Strand zurück. Da entdeckte ihn Britta; auf Gloria achtete sie nicht. Doch diesmal, da sie wirklich einen triftigen Grund zur Eifersucht gehabt hätte, kam sie sich dämlich vor.
Niklas rief gleich John Westermann an: Er wolle mit ihm wegen der Hochzeit reden. Westermann wehrte ab: "Da gibt's nichts zu reden. Das läuft, und wenn du dich auf den Kopf stellst." Nein, das meine er nicht: Er wolle seiner Mutter vielmehr ein ganz besonderes Präsent machen und denke, Westermann könne ihm einen heißen Tip geben. Außerdem, lächelte er, sei das so was wie ein Friedensangebot. Also verabredeten sich die beiden für halb acht in der Sauna. Nik hängte den Hörer ein und rieb sich siegessicher die Hände.

Westermanns Zufriedenheit, Nik "geknackt" zu haben, bekam gleich einen Dämpfer ab, als er noch mal zu Christine in die Pension fuhr, um ihr die zwei Eheringe zu zeigen, die er erworben hatte. Als Christine sie sah, mußte sie sich beinahe übergeben. Speiübel war ihr. Sie hatte in der vergangenen Nacht, muß man wissen, außer der

Reihe, ein wenig zu tief ins Glas geblickt. Auf einmal stolzierte der Grund der Trunkenheit in die Küche, fröhlich pfeifend und in Boxer-Shorts: Pepino. Reserviert ergriff Westermann Pepinos angebotene Rechte: "Pepino San Delangelo, Liebling der Frauen. Ich bin Freund des Hauses, sogesagt." Zornesröte verfärbte Westermanns Gesicht, und als er merkte, daß sich Pepino von seiner Wut nicht verscheuchen ließ, rauschte er wortlos ab und versäumte den erleichternden Augenblick, wie Christine frauhaft Pepinos heftigsten Verführungskünsten getreulich widerstand. Der Signore Frauenverführer war verblüfft: "Du bist ein starkes Frau. Dieser Mann von eben. Liebst du ihn?" Christine brummte immer noch der Schädel: "Ich weiß nicht." Ob sie Schiß habe? Christine war empört. Pepino beharrte: "Ja, daß er ist wie ich. Casanova, Hansdampf in alle Gassen." Christine lächelte gequält. Pepino machte sein Hemd auf – aber keine Bange, er wollte ihr nur eine Narbe unterhalb der Achselhöhle zeigen: "Von einem eifersüchtigen Mann. Mit Messer. Und deine Mann hatte selbes Augen. Hat geblasen durch die Nase vor Wut. Gehst du zu ihm! Starkes Frauen warten nicht!"

Niklas stapfte durch den Sand zum Pfahlbau, wo er schon sehnsüchtig von Sven erwartet wurde. Von Vorfreude benommen, sah er auf die Uhr: In einer halben Stunde gehe die Bombe hoch – und dann sei Svens Alter geliefert. Der blieb cool und wies in Richtung Strand: "Kann er machen, was er will. Ich war schneller. Da vorne kommt mein Romeo." Tatsächlich kreuzte da Pepino auf, doch der schien die Welt nicht mehr zu verstehen:

"Christine ehrliche Frau. Sie will keine andere Mann."
Sven ächzte: Das Ganze drohte ihm anzubrennen.
Kurzentschlossen rannte er zum Buggy: "Auf zum
Hotel." Nik folgte ihm. Pepino blieb kopfschüttelnd im
Pfahlbau zurück, warf sich in die Hängematte und
schlürfte ein Bier aus der Dose, als zwei hübsche
Signoras erschienen: Britta und Sonja. Auf ihre Frage, wo
Sven und Nik seien, erwiderte er, sie seien rüber zum
Hotel gefahren. Um was es hier eigentlich gehe, fragte
ihn Britta scharf. Pepino schaute ihr seelenruhig in die
Augen: "Um Frauen natürlich!"

Gloria rieb sich Parfüm auf die Handgelenke. Sie zog vorsorglich ein Kondom aus ihrer Handtasche und steckte es
in die Seitentasche des Bademantels. Zögerte. Steckte ein
zweites Präservativ dazu. Man konnte ja nie wissen, was
der Bundesgesundheitsminister im Falle etwaiger Risiken
empfahl. Dann nahm sie eine Champagnerflasche und
zwei Gläser von der Ablage über der Mini-Bar. Im
Sporthotel war Showdown angesagt. Sven und Nik, Britta
und Sonja, aber auch Christine waren schon auf dem
Weg. High noon.

Dampf schlug Gloria ins Gesicht, als sie die Sauna betrat.
Sie sah kaum etwas, nur eine schemenhafte
Männergestalt, und hielt die Flasche hoch: "Guck mal,
was ich mitgebracht habe. Vielleicht wirst du dann ein
bißchen lockerer." Langsam verzog sich der Dampf. Auf
der Holzbank hockte natürlich kein anderer als John
Westermann und starrte Gloria verblüfft an. Und mit
einemmal stand noch Christine in der Tür und warf ihm

wutentbrannt das Etui mit den Trauringen zu: "Hier, laß dir das Geld zurückgeben. Oder frag' deine neue Freundin. Vielleicht hat sie ja Verwendung dafür."

Als Sven und Nik den Gang zur Sauna entlangkamen, wurden sie von Christine fast über den Haufen gerannt. Westermann, der seine Weichteile mit einem Handtuch kaschierte, sprang ihr hinterher: "Ich hab' keine Ahnung, wer die Frau ist, wirklich." Er kriegte Christines Arm zu fassen, aber sie riß sich los: "Erzähl' deine Märchen in Zukunft einer anderen, John Westermann." Ausgerechnet Niklas kam zu Westermanns Ehrenrettung und stellte Gloria als seine ganz persönliche Bekannte – ähem! – vor. Jetzt blickte Christine gar nicht mehr durch. Nik beruhigte sie: Gloria habe natürlich nicht den alten Westermann, sondern den jungen Nik in der Sauna erwartet, um mit ihm ein Gläschen zu leeren.
"Ah ja?" meldete sich unheilvoll die Stimme von Britta. Nik verdrehte vor Verzweiflung die Augen. Was für eine idiotische Idee war doch dieser kindische Treuetest gewesen. !Entweder würde jetzt eine Bombe hochgehen oder... Man entschied sich für das Oder und versammelte sich zum großen Kriegsrat im Restaurant des Hotels, wo Sven und Nik die näheren Umstände ihrer Wette darlegten. Britta und Sonja starrten fassungslos: "Was seid ihr zwei nur für dämliche Kindsköpfe!" Gloria griff schnell zu Lippenstift und Spiegel: "Das ist das erste Mal, daß ich für ein Komplott benutzt werden sollte. Soll ich mich jetzt ärgern oder geschmeichelt fühlen?" Nik legte vertraulich seine Hand auf ihren Arm: "Das letztere. Schließlich haben wir dich ja ausgewählt, weil du eine

Superfrau bist." Britta blickte finster und verletzt. Ehe es zu weiteren Mißveständnissen kommen konnte, schlug Westermann, mit einem Blick auf Christine, einen versöhnlichen Ton an: "Ich hoffe doch, jetzt haben wir das Einverständnis unserer Herren Söhne." Sven wiegelte ab: "Ich hatte da nie irgendwelche Einwände. Es war alles Niks Idee." Niklas war empört: "Wenn du dir so sicher gewesen wärst, hättest du wohl kaum so schnell mitgezogen." Jetzt riß Christine aber der seidene Geduldsfaden: "Von jetzt an kümmert ihr beiden euch gefälligst um eure eigenen Sachen, okay? Keine Einmischungen mehr, wenn ich bitten darf!" Die anderen schwiegen betreten.

Der Hochzeit der Viererbande stand nun nichts mehr im Wege. Der Garten der Pension Goodewind war mit Hochzeitsgästen überfüllt. Niklas umarmte seine Mutter: "Alles Gute, Mama." Sven gab seinem Vater die Hand: "Das hättest du nicht gedacht, daß du auf deine alten Tage noch mal Vater wirst." Westermann sah Nik prüfend an: "Wenigstens bist du aus dem Krabbelalter raus."
Nik lachte: "Aber nicht aus dem Kabbelalter…"
Troubadour Pepino ließ sich nicht lumpen und haute ein italienisches Hochzeitslied in die Saiten. Dabei tauschten er und Gloria verlangend-schmachtende Blicke.

3

Das Boot

Ein kleiner Krabbenkutter tuckerte gemächlich vor sich hin und zog Netze mit. Er trug den Namen eines großen Schriftstellers, dem wir das Buch "Der alte Mann und das Meer" verdanken: Hemingway. Im Ruderhaus stand Ulf Brehm, Ende Fünfzig, Vollbart, verschmitzte Augen, Pfeifenraucher. Am Heck sortierte Boje Unrat und kleine Fische aus. Ulf gab seinem Sohn ein Zeichen, daß sie noch mal einholen, aber plötzlich stoppte die Winde. Ein Fußtritt Bojes half da gar nichts; diesmal war die altersschwache Mechanik endgültig hinüber. Ulf kam herüber, drückte Abwärts- und Aufwärts-Knopf. Das Stahlseil bewegte sich, knirschend, nur Zentimeter. Ulf packte das Stahlseil, zerrte daran, drückte beide Knöpfe gleichzeitig. Da riß eine Faser des Stahlseils, dann eine zweite, schließlich, mit einem bösartigen Surren, das ganze Seil. Ulf wurde mit dem Genick gegen die Reling geschleudert. Das Netz rutschte ins Wasser. Das Boot legte sich gefährlich mit dem vollen Netz auf die Seite. Boje drückte einen Knopf der anderen Winde und gab seinen Fang frei, um wieder ins Gleichgewicht zu kommen. Dann wollte er seinem Vater beim Aufstehen helfen. Ulf Brehm wand sich vor Schmerzen und sank wieder gegen die Bordwand. Sein Kopf war etwas schief. Er traute sich nicht, ihn zu bewegen, und bat seinen Sohn, das Steuer zu übernehmen. Das Schlingern des Bootes verstärkte den

Schmerz nur noch. Es gelang Boje trotz aller Schwierigkeiten, das Boot in den Griff zu kriegen und seinen Vater ins Krankenhaus zu bringen. Nach der Untersuchung klärte ihn der Arzt über den Zusatnd seines Vaters auf:: "Ist ein zäher Knochen, Ihr Vater. Zum Glück ist nur der Wirbel gestaucht. Aber er wird ein paar Tage Ruhe brauchen." Und das bedeutete, wie Ulf Brehm es sah, daß sein Sohn in dieser Zeit allein den Krabbenfischer spielen mußte. Sie konnten auf das Geld nicht verzichten, denn pünktlich zum Monatsende war die nächste Rate für den Kutter fällig. Boje war sich nicht sicher, ob er das schaffen würde, aber sein Vater munterte ihn auf: "Fahr einfach unsere Rinne entlang, dann wird's schon klappen." Und außerdem, wofür habe Boje seine Clique? Die konnten ruhig mal mithelfen.

Die Clique traf sich einmal nicht in der Pizzeria. Vielmehr hatte man das frischgebackene Ehepaar Marciano in den engen Pfahlbau eingeladen, wo Sven bei Kerzenschein den Küchenchef mimte. In einem Kübel stand eine Flasche Champagner. Timo spielte sehr direkt auf den deutsch-italienischen Nachwuchs an: Er habe mal irgendwo gelesen, daß die beste Zeit zum Kinderzeugen bei Vollmond sei. "Und deshalb", fuhr Sven fort, "haben wir all unsere Reichtümer zusammengelegt…" Timo strahlte: "…und auf der Samenbank eingezahlt." Nik war etwas taktvoller: "…und euch kleine Hilfsmittelchen gekauft." Britta zog ein Geschenk unter dem Tisch hervor und ließ es an Martina weiterreichen ("Von uns Frauen"), danach ein zweites für Rocky ("Von den Jungs"). Dann beobachteten sie gespannt, wie die beiden auspackten. Martina

hielt ein Thermometer hoch. "Damit kannst du deine fruchtbarste Zeit feststellen", erklärte Sonja. Rocky hatte sich ein Männermagazin eingehandelt. Als er das Centerfold ausklappte, machte er große Augen. Über den Brüsten des monatlichen Playmates klebte ein selbstgeschriebener Gutschein.
Rocky las: "Für ein Liebeswochenende mit allem Luxus. Einzulösen, wenn genug Geld in der Kasse ist."

Am nächsten Tag, während Gunther, der örtliche Schrotthändler, die Winde reparierte, ging Boje Sven und Niklas um Hilfe an. Die nächste Rate bereitete ihm sichtlich Bauchschmerzen, denn der Kredit lief nicht über eine Bank, sondern über ein "Spezial"unternehmen in Hamburg. Sven wußte Bescheid:
"Haie mit Spezialzinsen, was?"
Boje nickte: "In zwei Tagen ist die nächste Rate fällig. Und uns fehlen noch fünfhundert Mark."
Sven überlegte. Wenn es nach ihm ging, hatte Boje bald mehr als fünfhundert.

Sven fragte seinen Vater um Rat. Der hatte gerade seinen ersten, leichten, Ehekrach zu verdauen: Christine plädierte für getrennte Wohnungen.
Westermann war baff, als ihm Sven von seiner neuen werbewirksamen Big-Business-Idee erzählte:
"Du willst die Krabbenfischerei zu einer Touristenattraktion machen? Du mußt von allen guten Geistern verlassen sein. Glaubst du denn, es gibt Menschen, die um fünf Uhr früh auf einen wackligen Kahn klettern und zusehen, wie Krabben gefangen wer-

den und mit ihrem Gestank die Luft verpesten?"
Aber Sven war nicht davon abzubringen. Er hatte sogar schon einen Slogan: Abenteuer Fischerei. Westermann fand, daß es besser abenteuerliche Fischerei heißen sollte – und außerdem: was er damit zu tun habe.
"Na ja", druckste Sven herum, "ich dachte, bei deinen Beziehungen zur Kurverwaltung. Wir brauchen nämlich 'ne Genehmigung."
Westermann war einverstanden, ausnahmsweise auch ohne Beteiligung: "Aber einen guten Rat geb' ich dir noch. Keine Kinder. Die machen nur Ärger."

Bald darauf klebten in St. Peter-Ording die ersten Plakate: "In den Schuhen des Fischers. Abenteuertour auf einem Krabbenkutter. Jeden Tag ab fünf Uhr morgens. Erwachsene: 15, Kinder: 5 Mark."

Tatsächlich stand gleich am Eröffnungstag eine fünfköpfige Familie am Pier. Werner Koch mit seiner Frau Tilly und den Kindern Ralf, Paloma und Jörg. Jörg, der Kleinste, trug eine Tauchermaske und stellt sich als Käpt'n Nemo vor. Sven, Niklas und Boje begrüßten die Kochs. Die 15jährige Paloma lächelte Nik herausfordernd-keck an.
Werner Koch, der mit einer Videokamera bewaffnet war, hielt Boje für ein reichlich jung, um den Kapitän zu spielen, aber Sven lobte seinen Kameraden sofort über den grünen Klee: "Boje? Der hat die Erfahrung eines alten Seebären. Wir hier an der Nordsee werden schon als Babies mit an Bord genommen. Das ist uralte Tradition in St. Peter-Ording." Ob so'n alter Kutter auch tauchen

könne, erkundigte sich Nemo-Jörg gleich. Als Boje ihn verdutzt anguckte, spritzte ihn der Kleine mit seiner Wasserpistole naß: "Dann hat Papa recht, und du bist gar kein richtiger Käpt'n."

Sven komplimentierte die Familie erst mal an Bord und kassierte. Da er den Hunderter, den Werner Koch zückte, nicht wechseln konnte, begnügte er sich mit Kleingeld: dreiunddreißigfünfzig. Paloma ließ sich von Nik persönlich eskortieren: "Für die Arbeit muß man ganz schön kräftig sein, nicht?" Nik blieb lakonisch: "Es geht." "Die ist doch niedlich, die Kleine", flüsterte ihm Sven aufmunternd ins Ohr. Nik sah ihn entsetzt an: "Dann hol' doch Timo. Können die beiden von mir aus Onkel Doktor spielen." Jetzt hatte Jörg Sven im Visier. Boje warf den Motor an. Die Hemingway tuckerte los.

Boje stand am Steuer und starrte angestrengt zum Bug, als Nik ihm einen Becher Kaffee brachte:
"Hoffentlich bin ich in der richtigen Rinne."
Niklas zuckte mit den Schultern: "Was soll's? Den kleinen Unterschied wird schon keiner merken." Boje hatte da seine Zweifel: "Wenn ich den Kahn auf Grund setze, schon." Als er wieder zur Familie kam, überfiel ihn Paloma mit der Frage, ob es hier draußen Haie gebe. Nik schüttelte den Kopf: "Sehr selten. Einmal, als ich surfen war, hab' ich einen gesehen. War aber nur ein ganz kleines Exemplar."
Als das Wort Surfen fiel, spitzte Paloma begeistert die Ohren: "Sie surfen? Ich auch. Da können wir uns ja mal zusammentun." Nik lächelte genervt bei dem Gedanken.

Tilly mußte unterdessen einen Streit zwischen Jörg und Ralf schlichten. Der Ältere hatte dem Kleinen ein Bein gestellt; dabei war Jörgs Hose aufgerissen. Zur Strafe mußte Ralf in den Bau, das heißt, zu Boje ins Ruderhäuschen.

Nach einer Weile gab Boje das Kommando, das Netz einzuholen. Koch machte seine Videokamera bereit, während Niklas zur Winde ging und auf den Aufwärts-Knopf drückte. Nichts. Er drückte noch einmal. Immer noch nichts. Boje mußte aus dem Ruderhäuschen, nachdem er Ralf gewarnt hatte, bloß nichts anzufassen. Für Ralf klang das natürlich wie eine Extra-Einladung. Augenblicklich rutschte er von seinem Hocker und steuerte auf das Radar zu.

Als Boje die Winde untersuchte, fiel ihm ein loses Stromkabel auf. Nachdem er den Schaden behoben hatte, arbeitete die Winde wieder. Boje warf Jörg einen bösen Blick zu. "Du mußt das nächste Mal besser aufpassen, ja?" ermahnte Tilly ihren Jüngsten. Der andere Knabe, Ralf, war unterdessen voll mit dem Funkgerät beschäftigt: "Orion sieben ruft die interplanetarische Außenstelle. Wir haben Ihre Notsignale empfangen. Bitte kommen." Als Boje wieder hereinkam, wollte er es erschrocken weglegen, aber es kippte von der Ablage. Boje konnte es gerade noch auffangen, doch dabei berührte er versehentlich einen Knopf, der die Sprinkleranlage einschaltete. Sofort stellte Boje den Motor ab, stürzte hinunter, riß die Luke zum Motorraum auf, aber das Unglück war schon geschehen: Funken. Kabel schmorten durch. Dann ein lautes

Krachen. Der Motor begann zu qualmen. Ein reizvolles Motiv für Kochs Videokamera, die auch festhielt, wie ein Küstenwachboot die Hemingway in den Hafen schleppen mußte. Nik versuchte Boje, der ganz steif am Steuer stand, zu beruhigen: "Du erzählst deinem Vater einfach, wie's war. Daß dieser Ralfie an den Knöpfen rumgespielt hat. War ja im Grunde nicht deine Schuld." Boje schüttelte den Kopf: "Ich trag' die Verantwortung."

Ulf war überrascht, als ihn Boje an diesem Tag schon so früh besuchen kam und ihm ein Geschenk brachte: eine neue Pfeife. Die alte war bei dem Unfall zerbrochen.
Während Boje bei seinem Vater saß und kein vernünftiges Wort herausbrachte, beratschlagte die Clique im Pfahlbau, wie ihm zu helfen sei. Sven betrachtete es vom geschäftlichen Standpunkt: "So eine Scheiße aber auch. Für morgen hatten sich schon fünfzehn Leute angemeldet."
Niklas erinnerte an die Herren Gläubiger aus Hamburg: "Wenn Boje die nächste Rate bis morgen nicht hat, werden ihm diese Typen ganz schön auf die Zehen treten." Sonja wurde eingedenk entsprechender TV-Erfahrungen ganz unruhig: "Du glaubst doch nicht etwa, da rückt ein Rollkommando an mit Baseballschlägern und so?" Nik plädierte vorsichtshalber dafür, daß sie alle zusammenlegen sollten, damit man es nicht herausfinden mußte.
Tjard rechnete nach: "Wären für jeden fünfzig. Müßte drin sein." Aber die nächste Rate? Und der Austauschmotor für die Hemingway. Sven kam nach Adam Riese zu dem Schluß: "Das wird teuer."
Was das letztere anging, konnte nur Gunther mit seinem

Schrotthandel helfen. Niklas und Sven statteten ihm gleich einen Besuch ab. Gunther stand an der Werkbank und schleifte ein Metallstück ab. Nik macht e es kurz und bündig:
"Gunther, wir...äh ...Boje bräuchte für die Hemingway einen neuen Motor. Hast du was in der Größe vorrätig?"
Gunther bekam einen Gesichtsausdruck, der nichts Gutes verhieß, und erkundigte sich vorsichtig, wieviel sie springen lassen wollten.
Sven bot großzügig fünfhundert. Da mußte Gunther nicht lange überlegen:
"Für die paar Piepen kann ich euch 'nen Gummimotor anbieten. Zum Aufziehen. Dafür bekommt ihr heute doch nicht mal mehr ein anständiges Fahrrad." Aber schließlich ließ er sich doch erweichen: "Wenn ihr das aber irgend jemandem weitererzählt, daß ich hier den billigen Jakob spiele, brech' ich euch das Genick."
Sven und Niklas versprachen, die fünfhundert so schnell sie konnten zu zahlen. Der Motor, den sie von Gunther bekamen, war also so gut wie umsonst.

Doch plötzlich, als alles geritzt war, mochte Boje nicht mehr mitspielen: Er wollte den neuen Motor partout nicht annehmen. Er habe sich die Suppe selbst eingebrockt und müsse sie nun auch allein auslöffeln. Da hatten Sven und Nik aber auch noch ein Wörtchen mitzureden: Wer Boje denn die Touristen auf den Hals gehetzt und wer diesen Quälgeist Ralfie ins Ruderhaus gelassen habe? Da mochte auch Gunther nicht zurückstehen und gab seinen Senf dazu: "Wenn du meinen Motor zurückweist, glauben die Leute ja, mein Material taugt nichts." Gegen so eine

geballte Freundesfront war Boje natürlich machtlos.
Allerdings verlief die Reparatur nicht ohne Komplikationen. Entweder war Gunthers Motor doch nicht das Gelbe vom Ei, oder aber es hatte mit der Elektrik zu tun.
"Kopf hoch, Boje", tröstete Gunther. "Vielleicht brauchst du nur 'ne neue Batterie. Aber wenn's wirklich der Motor ist, dann versprech' ich dir, bekommst du einen neuen, ohne einen Heller blechen zu müssen. Wir kriegen das schon hin. Kein Motor widersteht, wenn Gunther an ihm dreht. Gute Nacht, alle miteinander. Morgen ist auch noch ein Tag."
Was mit dem Typen sei, der die Raten eintreibe, fragte Tjard. Boje winkte ab: "Ach, der ist nicht sehr kräftig."

In Rockys Pizzeria war der Bär los. Aus der Musikbox dröhnte ein italienischer Popsong. Die Mädchen hatten sich zur Feier des Tages mit Pizza vollgestopft. "Hat jemand Geburtstag?" wollten Sven und Nik wissen, als sie hereinkamen. Britta, schon leicht beschwipst, hob die Hand. "Sie haben sie in Köln angenommen", erklärte Sonja die allgemeine Fröhlichkeit. Niklas starrte Britta erstaunt an; dann schien er sich zu erinnern: "Ach so, dein Fortbildungsseminar." Bevor die beiden das Gespräch vertiefen konnten, brachte Sven einen Trinkspruch an: "Auf daß deine Träume wahr werden, Baby."

Am nächsten Morgen, nachdem er Brötchen geholt hatte, kam es zwischen Britta und ihm zum Ausbruch der Gefühle, als Niklas seine Freundin um eine kleine Spende für Boje bat: "Fünfzig wär' ganz gut." Es hatte schon lange in Britta gebrodelt, und jetzt war der geeignete Moment gekommen, es überkochen zu lassen. Es sprudelte nur so aus Britta heraus: "Warum suchst du dir nicht endlich 'nen richtigen Job, dann könntest du Boje helfen, so oft du willst. Mit dieser Bettelei machst du dich doch nur zum Affen. Und mich dazu. Hast du vergessen, daß ich Teil von deinem Leben bin? Ich hab' es satt, ständig den Pfennig zweimal umdrehen zu müssen." Nik blickte sie zornig an: "Willst du etwa, daß ich ein Spießer werde und jeden Tag ins Büro gehe?! Abends komm' ich dann heim zu Mama, wir essen, zappen uns durch eine Unzahl beschissener Fernsehprogramme und fallen direkt nach der Glotze todmüde ins Bett. Ist es das, was du willst?!" Britta war gekränkt: Niklas habe überhaupt keinen Ehrgeiz; nur wenn es ums Surfen gehe, sei er ganz groß. Weil es das einzige sei, brummte Nik im Brustton der Überzeugung, was in seinem Leben zähle. Britta nickte resigniert: "Ich fahr' morgen zu einem Gespräch mit der Direktorin der Schule nach Köln. Ich hab' dir davon erzählt, aber du kannst ja nicht zuhören. Sie wird mir erklären, was sie von mir will. Und ich werd' ihr erklären, was ich mir vorstelle. Danach werd' ich mich entscheiden. Aber du machst mir die Entscheidung ja sehr leicht, Niklas Andersen." Nik hatte genug und verzog sich: "Und mach' dir um deine fünfzig Mark keine Sorgen. Die krieg' ich auch woanders her."

Am nächsten Tag im Hafen. Boje glaubte, es geschafft zu haben. Auch ohne Gunther. Nachdem er zwei Kabel an einer Autobatterie angeschlossen und den Anlasser gedrückt hatte, sprang der Motor endlich, wenn auch eiernd, an. Boje rannte an Deck, machte die Leinen los und schloß die Luke zum Motorraum. Er bemerkte nicht, daß aus einer Leitung Benzin auslief.

Als er weit genug draußen war, stoppte Boje den Motor, kletterte hinunter zur Winde, wollte den ersten Ausleger etwas einholen. Dabei neigte sich das Boot zur anderen Seite, und die Autobatterie rutschte zu der Stelle, wo das Benzin tropfte. Bald stand die Batterie inmitten einer Benzinlache. Plötzlich funkte es. Das Benzin entzündete sich. Boje bemerkte es, als er das zweite Netz an Bord hievte, um es zu entleeren. Sofort riß er die Luke auf, aber schon versperrte ihm eine Feuerwand den Weg. Boje lief zum Ruderhaus und schnappte sich den Feuerlöscher, aber inzwischen hatte sich das Feuer bereits an Bord ausgebreitet. Der Feuerlöscher war im Nu leer. Eine kleinere Explosion schleuderte Teile der Hemingway in die Luft. Bevor es eine weitere Explosion gab, sprang Boje ins Wasser. Als er wieder auftauchte, waren von dem Kutter nur noch brennende Trümmer zu sehen.

Währenddessen hatte Sven geschäftstüchtig bei den Interessenten für den Krabbenkuttertrip angerufen und zweihundert Mark im voraus kassiert. Alle freuten sich über den gelungenen Coup und ahnten nicht, was für ein Unglück draußen auf dem Meer herumtrieb.

Ulf, der heute entlassen werden sollte, saß im Park des Krankenhauses und tankte etwas Sonne. Da kam Boje angeschlichen, blaß, eine Schramme auf der Stirn, völlig verdreckt. Er stotterte. Brach in Tränen aus. Fiel seinem Vater um den Hals. Doch einen echten Seemann wie Ulf konnte so leicht nichts erschüttern: "Ich hab' diesen Kreditvertrag abgeschlossen, ich werd' auch mit diesem Typen reden. Und mit der Bank. Schließlich haben wir immer noch das Haus." Boje fiel ein Stein vom Herzen. Man könnte ihn förmlich in die Magengrube plumpsen hören. Und Ulf erst: Wie froh war er, daß seinem Jungen nichts passiert war. Ein Boot konnte man ersetzen, einen Sohn nicht. Boje nahm seinen Vater auf dem Mofa mit.

Als die beiden Pechvögel zu Hause ankamen, wurden sie von einem Begrüßungskomitee erwartet: Nik, Sven und Tjard spielten mit einer Konservendose Fußball. Als sie die beiden sahen, streckte Timo ihnen ein Sparschwein hin: "Das ist von uns allen. Von der ganzen Clique." Ulf und Boje waren sprachlos. Dann erst platzte Boje mit der Neuigkeit heraus: "Ach, ihr wißt noch nicht das Neueste…?"

Keiner rechnete damit, daß vor dem Pfahlbau auf Sven und Nik ein unfreiwilliger Engel in Gestalt von John Westermann wartete: "Ich weiß, eure Kuttersache läuft ganz passabel. Aber wenn ihr richtig Kohle machen wollt, müßt ihr das Ding größer aufziehen. Kurz und gut: Ich will mit einsteigen." Und wie? fragte Sven nach. Nun, für 51 Prozent Beteiligung sei er bereit, den ganzen finanziellen Teil zu erledigen, Buchführung inklusive. "Und die restlichen 49 sollen wir uns mit Bojes Vater teilen? Das ist es nicht wert", winkte Sven ab. Westermann, dem das einsetzende Geschäftsgebaren seines Sohnes insgeheim gefiel, lächelte: "Dafür machen wir nicht nur eine Tour am Morgen, sondern touren den ganzen Tag über. Der

Morgenausflug einschließlich Fischerei ist natürlich um 20 Prozent teurer. Da springt eine Menge für euch ab." Sven überlegte: "Dann werden wir aber ein größeres Boot brauchen. Und Bojes Vater kann das nicht bezahlen. Vielleicht, wenn du es finanzierst, dann ..." Westermann war einverstanden, unter der Voraussetzung, daß er von den Nachmittagsfahrten 100 Prozent erhielt: "Na, dann wollen wir den Deal mal mit Champagner begießen." Sven lachte: "Wir können dir nur Mineralwasser anbieten. Aber das kribbelt auch."

4
Der Auftrag

Sonja und Britta brüteten im Pfahlbau über Rechnungen, als Nik und Sven einen Fotokopierer hereinschleppten. "Den stottern wir bequem in 24 Monatsraten ab", beruhigte Sven die besorgten Frauen, zog eine der Schubladen des Fotokopierers auf und holte zwei Flaschen Champagner heraus: "Zur Feier des Tages." Er erklärte, daß heute nachmittag der Creative Director von INTER-AD kommen würde, um mit ihm eine neue Werbekampagne zu besprechen, die alles bisher Dagewesene in den Schatten stellen werde. Das Unternehmen sollte, mit etwas Glück, auf Maui stattfinden, dem Mekka aller Surfer. Sonja war begeistert: "Oh, Sven, ich gratuliere." Nur Britta blieb weiter mißtrauisch. "Komm, mach' nicht so ein Gesicht", klopfte ihr Nik auf die Schulter. "Von jetzt an geht's nur noch steil bergauf. Da kannst du dir Köln aus dem Kopf schlagen."

John und Christine weißten unterdessen die Pension. Westermann, der die Decke strich, ächzte unter seinem Papierhütchen, als er den Farbroller in die Farbe tauchte: "Sollten wir den Job nicht besser doch professionellen Anstreichern überlassen? Ein bißchen Sparsamkeit ist ja gut und schön, aber mein Hals ist schon ganz steif." Christine furchte drohend die Stirn: "Es war deine Idee, probeweise eine Woche beim jeweils anderen zu wohnen und seinen Lebensstil zu teilen. Sowas gehört einfach zu den Pflichten einer gutfunktionierenden Ehe. Dafür darfst du mich nächste Woche von den angeblichen Vorzügen deines Luxushotels überzeugen." Keck kniff sie John in den Po: "Aber der einzige Luxus, den ich wirklich brauche, ist deine Liebe." Westermann brummte zufrieden und vergaß dabei, den Farbroller abzustreifen. Als er ihn zur Decke hob, tropfte ihm frische Farbe ins Gesicht. Christine mußte herzhaft darüber lachen. Da ging die Tür auf, und Sven kam herein: "Scheint ja ganz vergnüglich zu beginnen, eure Ehe. Da will ich nicht lange stören. Sag' mal, Dad: wo du die nächsten drei Tage hier bist, ist dein Büro doch praktisch verwaist. Und da könnte ich doch …ich hab' da nämlich einen Kunden, dem ich was bieten muß…du verstehst? Der erste Eindruck ist im Geschäftsleben der wichtigste, hast du immer gesagt." "Du hast einen Kunden, Sven? Wie schön!" freute sich Christine. Svens Augen begannen zu leuchten: "Eine Werbeagentur, für die ich ein Konzept erstellt hab'. Aber ich kann den Creative Director doch nicht im Pfahlbau empfangen. Dafür brauch' ich ein Büro mit…mit…" "Ambiente?" fragte John und verstand. Sven nickte hastig. "Gut. Mit dem Krabbentourismus haben wir ja schon ein solides Standbein", überlegte Westermann. "Aber du schuldest mir einen kleinen Gefallen." Umständlich stieg er von der Leiter, drückte Sven den Farbroller in die Hand und setzte ihm die Papiermütze auf.

Nik, Tjard, Boje und Timo bereiteten für den "Werbefuzzi" als Highlight eine Surfshow vor, die Esther

Williams in ihren besten MGM-Tagen vor Neid hätte erblassen lassen. "Wir müssen diesem Typen klarmachen", instruierte Nik die anderen, "daß Windsurfen die einzige Sportart ist, mit der er dieses neue Produkt vermarkten kann." Was das überhaupt für ein Produkt sei, wollte Timo wissen. Als Nik erklärte, daß es sich um einen isotonischen Kaugummi handle, warf sich der Rest der Clique ratlose Blicke zu: "Hört sich irgendwie radioaktiv an." Ob sie den Kaugummi während der Show nur hochhalten oder ihn auch kauen müßten, erkundigte sich Tjard, und dann sei da ja auch noch die Frage des Honorars zu klären, meinte Timo dreist. Nik lachte: "Ich leg' jedem von euch ein knackiges Fotomodell ins Bett." Die Jungs klatschten sich siegesgewiß in die Handflächen: Solange sie den Gummi nicht kauen müssen und für ein Fotomodell – why not?

Sven hatte seinen besten Anzug an und die Füße auf den Schreibtisch seines Vaters gelegt: "15 Millionen für diese Kampagne? Wollen Sie mich verscheißern? Unter 30 geht hier gar nichts. Da ist die Tür." Die Tonprobe mit imaginärem Gegenüber schien ihm sichtlich zu gefallen. Da klopfte es. Schnell nahm Sven die Füße vom Tisch. Iwana, Westermanns hübsche Empfangschefin, führte einen hageren Dreißigjährigen herein und stellte ihn als Gustafson von der Agentur INTER-AD vor.

Gustafson konnte leider keine gute Nachricht überbringen. Vor einer Stunde hatte ihn der Kunde angerufen und ihm mitgeteilt, daß ihm die projektierte Kampagne doch nicht zusagt. Sven war zerknirscht und niedergeschlagen:

"Aber Ihnen hat das Konzept mit dem Surfen als Hintergrund doch gefallen?" Gewiß, meinte Gustafson ziemlich betreten, und es gefalle ihm immer noch, ebenso die Kreativität, mit der Sven ans Werk gegangen sei, aber wenn der Kunde nun einmal nicht wolle. Zwingen könne man ihn nicht. Dabei – Sven mache keinerlei Anstalten, die herbe Enttäuschung zu verbergen – hätten er und seine Freunde doch eigens für den heutigen Tag eine Surfshow einstudiert. Gustafson lächelte. Und er lächelte noch mehr, als sie zum Strand fuhren und er die Show sah. Sven erläuterte ihm die einzelnen Aktionen und Sprünge und malte dabei in leuchtenden Technicolor-Farben die Wirkung einer ähnlichen Aktion auf Maui. Natürlich war Niklas der Starsurfer. Wie eine Eins stand er auf seinem Brett.

"Und?" kamen die Jungs ans Land. "Hat's Ihnen gefallen."
Gustafson bestätigte, er sei überwältigt, aber mit dem Auftrag werde es leider trotzdem nichts.
Niklas war empört: "Das ist nicht fair. Sven hat sich die letzten Wochen den Arsch aufgerissen."
Gustafson bemühte sich, die Position des Kunden zu erklären, der vorher Knoblauchpillen verkauft habe, ein Produkt, das eindeutig auf eine ältere Klientel ziele. Gewiß, mit dem isotonischen Kaugummi stoße er in eine völlig andere Zielgruppe, doch das von Sven vorgeschlagene Konzept sei ihm, vielleicht gerade deswegen, zu vage und unsicher. Der Mann hätte halt Probleme umzudenken. Das sei alles. Sie sollten es auf keinen Fall persönlich nehmen.

Während Niklas die Fehlkalkulation mit dem Kopierer überschlug, den sie, wie es nun schien, voreilig angeschafft hatten, vrelangte Sven, der die Flinte noch nicht ins Korn werfen mochte, von Gustafson die Rufnummer des Kunden. Mit diesem Herrn wollte er doch selber mal ein Wörtchen reden. Gustafson machte ihm da wenig Hoffnung: Der Kunde sei ein raffgieriger, alter Sack, den man erst hinterm Ofen hervorhole, wenn man ihn mit einer handfesten Million ködere. Aber wenn sie es unbedingt versuchen wollten ...Gustafson klappte, irgendwie amüsiert, seinen Filofax auf und kritzelte Namen und Nummer auf einen Zettel: "Man hat mich gewarnt, daß in dieser Gegend ziemliche Dickschädel frei rumlaufen." Sven grinste: "Willkommen in der Welt der Surfer."

Zurück im Sporthotel, nahm Sven den Hörer in die Hand und sah auf den Zettel: "Hermes von Rebnitz? Komischer Name." Als er gewählt hatte, gab es jedoch Probleme, an Rebnitz' weiblichem Bürodrachen vorbeizukommen: "Im Moment nimmt Herr von Rebnitz keine Telefonate entgegen. Nur nach vorheriger Terminabsprache." Wenn Rebnitz nur anbeiße, wenn man ihn mit Knete locke, dann müsse man ihm eben auch mit Scheinen winken, schlug Nik vor: Manche Leute seien schon so pervers und seelenlos, daß sie nur noch diese Sprache verstünden.

Britta war dazu ausersehen, ihnen bei der Umsetzung der Idee zur Hand zu gehen. "Ihr wißt, daß mich das in Teufels Küche bringen kann", wehrte sich das Mädchen gegen den Überfall der beiden. Die Freunde versprachen, sie außen vorzulassen, wenn es hart auf hart käme. Eher würden sie sich zu Tode foltern lassen als zugeben, wer sie in das Büro ihres neuen Chefs in der Reha-Klinik gelassen habe. Und ehe Britta weitere Zweifel ausbrüten konnte, waren sie schon auf dem Weg zum Klinikgebäude. Im Sekretariat setzten sie schnurstracks ein Fax an Rebnitz auf und formulierten, im Namen von Dr. Heinz, eine Einladung an Rebnitz, hier eine vermögende Patientin zu treffen, die angeblich ganz begeistert sei von seinen mit Knoblauch angereicherten Wundermitteln. Und tatsächlich: Der fette Hecht biß an. Nik grinste: Im Krieg und in der Liebe sei alles erlaubt. Plötzlich stand der leibhaftige Dr. Heinz hinter ihnen und runzelte die Stirn. Britta entschuldigte sich vielmals und schob ihre Freunde nach gelungener Aktion in Richtung Tür.

In der Pizzeria hielt die Clique in Anwesenheit von Gustafson bei Spaghetti und italienischen Schnulzen aus der Musikbox Kriegsrat. Nik versprach, den alten Sack auf Händen zu tragen, wenn es sein müsse. Hauptsache, Sven bekomme den Job. Als Britta dazustieß, war die Riesenschüssel Spaghetti bereits leer. Timo bot sich an, von jedem Teller für sie das Beste zusammenzukratzen. "Und zum Nachtisch gibt es isotonischen Kaugummi", lachte Gustafson und legte Muster auf den Tisch. "Ich will von jedem seine ehrliche Meinung hören."

Es war Nacht geworden. Britta und Niklas schlenderten noch den Steg entlang. Nik merkte, daß seine Freundin etwas auf dem Herzen hatte: "Gab es Schwierigkeiten mit deinem Chef? Dr. Heinz hat dir doch nicht gekündigt?!"

Britta schüttelte den Kopf: "Ich hab' von allein gekündigt." Nik sah sie verwundert an: "Hängt das etwa mit Köln zusammen? Ich dachte, das Ganze ist nur ein Fortbildungsseminar." "Eigentlich schon", druckste Britta herum. "Aber man will mich nach dem Seminar dabehalten. Als Lehrerin. Ich soll dann in Zukunft selbst diese Fortbildungsseminare leiten." Nik war perplex und auch ein bißchen verwundet: "Kommt das nicht ein bißchen plötzlich?" "Hättest du mir eben in den letzten Wochen besser zuhören müssen", versteifte sich Britta. "Wann wirst du endlich einsehen, daß ich nicht so weiterleben kann? Ohne Plan. Nur so in den blauen Tag hinein. Wenn Sonja oder ich unseren Job verlieren, wovon sollen wir dann bitteschön leben?" Niklas versprach hoch und heilig, das werde sich jetzt alles ändern, aber Britta ließ sich von seiner Suada nicht überzeugen. Ihr Entschluß stand fest. Ohne ein weitrees Wort zu sagen, verschwand sie in der Dunkelheit und ließ Niklas wie ein Häufchen Elend zurück. Nik hat Tränen in den Augen.

In der Pension Goodewind schüttete Nik Westermann sein Herz aus. Der schien, aus eigener Erfahrung, sofort zu verstehen: "Du bist heute dem größten Rätsel des Universums begegnet. Der weiblichen Psyche. Was immer du als Mann tust, ist falsch. Sicher ist nur eins: Frauen wollen ständig alles bereden. Sie wollen nicht, daß du ihnen die Entscheidung alleine überläßt. Überleg' dir genau, was du willst. Und dann red' noch mal mit ihr." Nik reagierte bockig: "Aber ich will nicht nach Köln. Ich will in St. Peter bleiben. Und surfen, surfen, surfen." Westermann klopfte ihm kameradschaftlich auf die

Schulter: "Dann mußt du ihr eben das sagen." Niklas seufzte: "Warum können Frauen nicht so einfach sein wie Männer?" Westermann lachte verständnisvoll. Als Nik dann heimkam, war Britta nicht da. Traurig hockte er sich auf die Bettkante und zermarterte sich den Kopf.

Britta hatte bei ihrer Freundin Martina übernachtet. Die war auch sehr nervös. Sie mußte nach Hamburg zu einer Spezialuntersuchung, wie sie sich ausdrückte, und kämpfte mit den Tränen: "Ich bin wahrscheinlich unfruchtbar. Und Rocky und ich...wir wollten doch unbedingt fünf Bambini." Britta tröstete sie: "Wer weiß, vielleicht ist das der Grund, warum du nicht schwanger wirst. Gerade, wenn man's um jeden Preis will, klappt's manchmal nicht. Glaub' mir, es ist bestimmt nur psychisch." Sie wischte Martina die Tränen aus dem Gesicht.

Ein Rolls-Royce fuhr die Auffahrt zur Klinik hoch. Das Fahrzeug hielt vor Sven und Niklas, die sich als Begrüßungskomitee bereithielten. Am Steuer saß eine üppige Blondine. Es handelte sich um Angelika Koller, Rebnitz' Privatsekretärin. Die Fondtür öffnete sich, und ein Endsechziger quälte sich schnaufend heraus: Hermes von Rebnitz in Person. Angelika griff dem alten Herrn, der ihr einen schmachtenden Blick zuwarf, unter den Arm und half ihm. Zum Dank klatschte der Alte ihr auf den knackigen Po: "So, jetzt können wir. Ist einer von Ihnen Dr. Heinz?" Hilfesuchend sah Nik nach Sven. Der versuchte das kleine Mißverständnis zu bagatellisieren. Rebnitz blinzelte mißtrauisch: "Kleines Mißverständnis? Das Fax war doch ziemlich eindeutig. Eine Ihrer

Patientinnen, diese Frau...Frau...Heinrich...möchte mir doch 1,5 Millionen Mark abtreten, weil ihr meine Medizin das Leben wieder lebenswert gemacht hat. Und das soll ein Mißverständnis sein? Wer von ihnen ist Sven Westermann?" Schüchtern meldete sich der angesprochene Delinquent. Rebnitz musterte ihn mit stechendem Blick von oben bis unten, wie ein Falke, der sich auf sein Opfer stürzen will: "Dacht' ich's mir doch. Die Idee mit dem getürkten Fax stammt also von Ihnen", bellte Rebnitz. Ob sie ihn denn schon für so senil hielten, daß er solchen Unsinn für bare Münze nehmen würde?! Er sei nur gekommen, um den Menschen kennenzulernen, der die Chuzpe gehabt habe, ihm eine so idiotische Geschichte aufzutischen. Sven und Niklas, beide peinlich berührt, machten nicht viele Worte und baten die Herrschaften, ihnen doch bitte im Rolls zum Strand nachzufahren. Dort hätten sie etwas für sie arrangiert, das den Ausflug auf jeden Fall lohne. Angelika konnte sich nicht helfen: Sie fand die beiden eigentlich ganz sympathisch.

Am Surfcontainer wurde Rebnitz von Gustafson empfangen. Der Alte warf dem Werbemanager einen bösen Blick zu. Die Show konnte losgehen. Der Knoblauch-Kaugummifabrikant sah dem Treiben auf dem Wasser mit ungerührter Miene zu. Nik war so gut wie noch nie. Auch die anderen gaben ihr Bestes. Aber Rebnitz war fürs erste nicht zu begeistern und maulte nur herum: "Mit diesem Rumgehopse, meinen Sie, können Sie meinen Kaugummi verkaufen?" Sven warf ein, mit dem Kaugummi verhielte es sich genauso wie mit dem Windsurfen: Beides wende sich an junge Leute – und so könne er sein Produkt doch am besten an die richtige Zielgruppe bringen. Rebnitz verdrehte ungehalten die Augen.

Am nächsten Morgen. Nik saß auf der Plattform des Pfahlbaus und starrte ins Weite. Plötzlich leuchteten seine Augen auf, als er Britta auf ihrem Rad kommen sah. Vorsichtig schnitt er noch mal das Thema Köln an. Begeistert erzählte ihm Britta, daß es eine Schule sei, die in ganz Europa anerkannt sei – und vielleicht könnte sie somit später auch im Ausland Seminare geben. Niklas verstand immer noch nicht, warum sie hier, wo er in seinem Element war, nicht glücklich werden konnte. Was ihm denn jetzt wichtiger sei, fixierte ihn Britta: sie oder das Surfen? Niklas dachte angestrengt nach und gab eine ehrliche Antwort: "Ich weiß nur, daß ich ohne Surfen eingehe. Ich brauche das Meer, den Wind. Ohne kann ich nicht leben. Ohne bin ich wie ein Fisch ohne Wasser." Britta wich Niks Blick aus: "Ich fahr' morgen."

Im Restaurant des Sporthotels hatten Rebnitz, Angelika, Gustafson und Sven eine Geschäftsbesprechung. Angelika holte ein Diktiergerät aus ihrer Handtasche. Rebnitz erklärte, daß er grundsätzlich nichts gegen eine Location mit Strand, Sonne, Meer als Background für die Kaugummiwerbung habe. Warum also nicht Maui? Nichts dagegen einzuwenden. Aber wieso ausgerechnet Surfer? Schließlich wollte er keine Surfbretter verkaufen. Gustafson versuchte, dem Alten den Surfsport nahezubringen und bemühte dafür Vokabeln wie jung, dynamisch, sportlich.
"Das wird die Yiffies garantiert ansprechen." beschwörte

Gustafson den Alten. Doch Rebnitz' Augen verrieten Skepsis. Ihm reichten ein paar Models, die sich am Strand vergnügten. Sven winkte ab: "Das ist doch kalter Kaffee. Damit holt man keinen Hund mehr hinterm Ofen hervor. Ich hab' zwar keine Ahnung von Yiffies und Yuppies, aber ich weiß, daß die Leute, die Ihren Kaugummi kaufen sollen, nicht auf Hochglanzwerbung hereinfallen. Wenn Sie auch nur den Schimmer einer Vision hätten, wüßten Sie, daß ich mit meinem Konzept richtig liege." Sven hatte sich richtig in Rage geredet. Verletzt verließ er das Restaurant. Angelika konnte sich ein Schmunzeln nicht verkneifen. Der Junge gefiel ihr, der hatte Mumm.
Am Container fand Sven Nik, der sein Brett zusammenbaute. Frustriert erzählte er seinem Freund, er wolle das Handtuch werfen. So habe er sich das alles doch nicht vorgestellt. Dabei hätten sie beide so viele Rechnungen, daß sie ganz St. Peter damit tapezieren könnten. Und jetzt sei die große Chance, sie zu begleichen, vertan. Niklas, dem in seiner Haut genauso unwohl war, sah hinaus aufs Meer und klopfte Sven auf die Schulter: "Wie wär's mit einem kleinen Ritt? Danach geht's dir wieder besser. Windsurfen ist das geilste Stück Leben, mußt du wissen." Nein, aufgeben, das dürften sie jetzt beide nicht.

Am nächsten Tag raffte sich Sven noch einmal auf und ergriff die Initiative. Er fuhr Angelika zum Strand. Rebnitz' Privatsekretärin trug einen Bikini, darüber ein offenes Männerhemd. Draußen sahen sie Niklas surfen. Angelika beobachtete fasziniert, wie Nik auf seinem Board übers Wasser glitt, und fragte, ob sie sich auch mal auf so ein Brett stellen könnte. Wie auf Kommando sprangen Tjard, Timo und Boje herbei und boten selbstlos ihre Hilfe an, doch Sven wußte für diesen Job keinen Besseren als Nik, der soeben mit seinem Brett an Land kam. Angelika folgte ihm das Podest hoch zum Container. Die anderen maulten hinter vorgehaltener Hand.

Gustafson saß im Foyer des Hotels und blätterte in einer Zeitschrift. Da kam Rebnitz herunter: Er müsse zurück ins Büro: Wo Angelika sei? Die sei noch mal zum Strand, antwortete Gustafson. Rebnitz verzog den Mund: "Und so was willst du heiraten?" Gustafson legte die Zeitschrift weg: "Fang nicht schon wieder damit an, Papa." Sodann kam es zu einer kleinen, familiären Auseinandersetzung zwischen Rebnitz Vater und Sohn über die Durchschlagskraft neuer Methoden, wie sie Gustav von Rebnitz, der sich Gustafson nannte, vorschwebten. Als ihm die Argumente ausgingen, markierte der Senior gesundheitliche Schäden und griff sich wirksam ans Herz. Als sein Sohn ihn stützen wollte, winkte Rebnitz unwirsch ab: "Es geht schon wieder. Eines Tages wirst du mich noch ins Grab bringen mit deinen sogenannten neuen Methoden." Gustav von Rebnitz seufzte und schlug vor, Angelika an den Strand nachzufahren.

Der Jeep der beiden hielt neben dem Podest, auf dem Sven im Neoprenanzug stand. Als Rebnitz nach seiner Sekretärin fragte, deutete Sven aufs Meer. Rebnitz kniff die Augen zusammen, um besser sehen zu können. Da entdeckte er Angelika auf einem Tandembrett zusammen mit Niklas, flankiert von den anderen Jungs. Rebnitz war entsetzt: "Holen Sie sie zurück! Auf der Stelle!" Sven nutzte die günstige Gelegenheit, den Alten mit einem psychologischen Trick zu sezieren: "Wissen Sie, warum Sie meinem Konzept nicht zugestimmt haben? Sie haben Angst vor allem, was neu ist. Sie wollen meine Windsurfkampagne nicht, weil sie gar nicht begreifen, was Windsurfen überhaupt ist." Eine Falle, eine hundsgemeine Falle sei das, um ihn aus der Reserve zu locken, stellte Rebnitz erbost fest. Sein Sohn rieb sich aufgelöst die Hände: "Ich hab' dir doch gleich gesagt, er ist kreativ und ungeheuer dickköpfig." Sven wunderte sich, daß sich die beiden duzten. Und Gustav lüftete sein Inkognito. Mißmutig fügte der Alte hinzu, die Ausschreibung für die Kampagne habe sein Sohn hinter seinem Rücken lanciert. Gustav von Rebnitz schränkte gleich ein: "Es ist nicht nur meine Werbung, der Kaugummi ist auch mein Produkt." Nur das Geld komme von ihm, stöhnte Rebnitz senior: "Wär' ich nur bei meinen Knoblauchpillen geblieben…"

Nichtschwimmer überzeugt man am besten, indem man sie ins Wasser wirft, und Surffeinde gehören aufs Tandembrett. Wenig später glitten Sven und der alte Rebnitz auf einem Tandembrett durch die sanfte Dünung. Rebnitz trug einen schrillen Neoprenanzug, und obwohl er unsicher wirkte, schien ihm die Sache zu gefallen. Er fühlte sich um Jahre jünger. Jauchzte wie ein kleines Kind. Als die beiden zum Strand zurückkamen, war Rebnitz überzeugt, daß Surfen wenigstens genausogut sei wie seine Knoblauchpillen und, mit einem Blick auf Angelika, fast noch besser als Sex. Er bedankte sich bei Sven und bestätigte offiziell den Auftrag, nach Maui zu fahren und Surfer für seine Werbekampagne zu fotografieren. Sven und Gustav warfen einander triumphierende Blicke zu. Zuletzt und mit vereinten Kräften war es ihnen doch noch gelungen, den Alten zu überzeugen.

Als Niklas in seinem Bulli zum Pfahlbau kam, lud ein Taxifahrer gerade Brittas Gepäck in den Kofferraum. Britta und Niklas standen einander wortlos gegenüber. Der Taxifahrer hupte. Nik drückte Britta einen dicken Kuß auf die Lippen. Sie wünschten einander Glück im neuen Leben. Britta hatte sich endgültig für Köln entschieden.

5
Maui

Endlich riß die Wolkendecke auf, und unter Niklas und Sven strahlte, wie ein grüner Diamant im blauen Wasser, das Paradies von Maui. Die Maschine setzte zum Landeanflug auf den Flughafen Kahuluhi an. Hawaii mit seinen acht größeren und einigen kleineren Inseln und den riesigen Dünungswellen des Pazifiks, die über Tausende von Kilometern anlaufen, dem warmen Klima, das nur geringen jahreszeitlichen Schwankungen unterworfen ist, und dem Passat, der beständig mehr als 4 Windstärken bringt, gilt als Top-Revier des Wellenreitens.

Am Gepäckkarussell des Airport wurden die beiden schon von Rachel Decker erwartet. Die Zwanzigjährige trug ein T-Shirt mit einer riesigen Welle darauf und dem Kommentar: Survivor of the Big Surf. Sie würde den beiden als Produktionsleiterin zur Verfügung stehen. Sven wußte genau, wer die Kleine war: Sie hatte als Sport- und Surffotografin bereits einen gewissen Namen. Rachel wollte die Jungs erst mal ins Hotel bringen, aber die, gar nicht müde, drängte es auf der Stelle nach Hookipa, wo jedes Jahr der Maui-Grand-Prix und der O'Neill-Wave-Classic stattfinden.

Im Pick-up ging es vorbei an der reichen Vegetation der Insel und Zuckerrohrfeldern. Am Horizont ragte der

Vulkan Haleakala auf. Dann endlich waren sie am Meer. Etwa drei Dutzend Surfer ritten die großen Wellen von Hookipa. Niks Augen bekamen einen faszinierten Glanz. Auf dem Parkplatz waren unzählige Busse abgestellt, vollbeladen mit Surfausrüstung. Rachel erzählte, daß in drei Tagen hier ein Küstenrennen stattfinde. Niklas wollte sich gleich eintragen, aber Sven erinnerte ihn, daß sie hier seien, um zu arbeiten. Nik warf seinem Freund einen bittenden Blick zu: "Ach, komm schon, Sven. Ist doch nur ein Tag. Du kannst doch dafür sorgen, daß die Fotos an den anderen Tagen gemacht werden, oder? Du, das wär' meine große Chance, zu zeigen, was ich kann. Sieh doch nur, da draußen." Soviel Enthusiasmus konnte Sven nicht widerstehen. Er gab nach.

Am nächsten Morgen holte Rachel die beiden ab, um sie mit Ingmar, dem Fotografen, bekannt zu machen, von dem sie allerdings nicht viel zu halten schien. Sie beschrieb ihn als eitel, arrogant, rechthaberisch: "Ein künstlerischer Werbefotograf eben. Einfach unerträglich." Diese wenig schmeichelhafte Charakterisierung reichte Nik vollauf. Er bat Sven um den Autoschlüssel und wünschte den beiden viel Spaß, Kunstgenuß und optische Erleuchtung mit Ingmar. Sven, der nicht wußte, wie ihm geschah, war baff: "Irgendwie hab' ich das Gefühl, hier läuft was verkehrt."

Ingmar Sundström war Mitte Vierzig und, sofern er keine künstlerischen Fotos mit Topmodels schoß, begeisterter Taucher. Rachel und Sven mußten bis zu den Hüften ins Wasser waten, um ihn zu sprechen. Neben Ingmar tauch-

te ein anderer, wesentlich jüngerer Mann aus dem Wasser, den der Fotograf als seinen Assistenten Nino vorstellte.
Sven behagte die Stelle des Strandes, die Ingmar für die Fotosession ausgewählt hatte, überhaupt nicht: Hier sei es zu windstill, für Surfaufnahmen total ungeeignet.
"Wer will schon Surfaufnahmen machen?" tat Ingmar erstaunt. "Wir sollen doch einen isotonischen Kaugummi verkaufen."
"Ja, aber mit Windsurfern als Identifikationsfiguren", erläuterte Sven. "Mein Konzept sieht vor…"
Ingmar rümpfte die Nase: "Dein Konzept?" Sofort begann er den erfahrenen Künstler mit hoher internationaler Bekanntheit herauszukehren: "Ich mach' diesen Job seit über zwanzig Jahren. Und ich mach' ihn so, wie er mir paßt." Rachel versuchte zu vermitteln, auf gute Alternativ-Locations hinzuweisen, wo man beides, eine schöne Umgebung und guten Wind zum Surfen, habe. Aber Ingmar blieb stur, schob die Taucherbrille vor sein Gesicht und verschwand unter Wasser. Adjutant Nino folgte ihm. Rachel, der die miserable Vorstellung ziemlich peinlich war, entschuldigte sich bei Sven: "Tut mir leid, aber ich werde von denen bezahlt."

Woanders, zur gleichen Zeit, beobachtete Nik zusammen mit einer Zufallsbekanntschaft namens Robby Seeger die anderen Surfer und schätzte sie ein. Gute Sprünge. Draußen auf dem Wasser wurde anschaulich das hohe Einmaleins des Surfens bebildert: Barrel-Roll, eine Loop-Variante, die mit horizontal geführtem Segel gesprungen wird; eine als Donkey-Kick (Eselstritt) bekannte Sprungtechnik, bei der das Board seitlich in den Wind gestoßen wird; Upside-downs, bei denen die Brettunterseite nach oben gedreht wird; Nose-Tacks; Slam-, Duck- und Aerial-Jibes; Bottom-Turns, Cut-backs und der als Zickzackkurs entlang der Welle bekannte Roller Coaster. Kurz: Alles, was das Herz des Surfers begehrte. Gegen solche Konkurrenz fühlte sich Nik als Leichtgewicht. Robby lächelte verständnisvoll, deutete aufs Meer und wurde philosophisch: "Irgendwann hat alles da angefangen. Irgendwann sind wir an Land gekrochen und haben uns zu dem entwickelt, was wir sind. Und dabei haben wir den Anfang vergessen. Wir müssen uns auf unseren Anfang besinnen, um herauszufinden, wo unser Platz ist. Vielleicht findest du es heraus, indem du die anderen schlägst und Meister aller Klassen wirst."

Als Robby mit seinem Jeep weg war, fiel Niklas plötzlich ein vertrautes Gesicht auf: Aus einem bunten Pick-up stieg eine Surferin. Es war die dunkelhäutige Sarah, die ihm damals in St. Peter gezeigt hatte, was ein richtiger Doppelloop ist. Die beiden fielen sich sofort um den Hals. Sarah erzählte ihm, sie käme jedes Jahr hierher nach Maui. Aber jetzt wollten sie keine Zeit versäumen; sogleich rannten die beiden mit ihren Brettern zum Meer hinunter, um ihre Kräfte und ihr Können zu messen.

Sarah fuhr eine Welle an, hob ab, machte einen Aerial-Jibe und landete sicher. Niklas ging die nächste Welle an, sprang hoch in die Luft, landete. Dann rasten sie nebeneinander her, bereit, einander nichts zu schenken. So müssen Frauen sein, dachte Niklas in einer für einen Schüchternen wie ihn eher ungewohnten Weise, und eine leichte Gier durchrieselte nach farbiger Haut, auf der das Wasser erotisch perlte, durchrieselte ihn. Wenn Sarah Britta wäre, dann, ja dann... Sarah steuerte jetzt so dicht auf Niklas zu, daß sich ihre Segel fast berührten. Nik fuhr landeinwärts und konzentrierte sich auf den nächsten Sprung. Da kam aus der entgegengesetzten Richtung ein anderes Brett geflogen. Um ein Haar wurde Niks Segel von der Finne des anderen zerschnitten. Beide Surfer stürzten ins Wasser. Prustend tauchten sie auf.

Erschöpft kroch Nik an den Strand. Hinter ihm stieg der andere aus dem Wasser. Er war Anfang Zwanzig, muskulös wie ein Mini-Schwarzenegger und schnauzte Nik gleich an: "Bist du verrückt geworden?! Mir die Welle wegzunehmen!" "Eric! Hör auf!" versuchte Sarah die Streithähne auseinanderzuhalten. Sarah und Eric blitzten sich an. Nachdem es genügend Dampf abgelassen hatte, drohte das Muskelpaket dem jungen Deutschen, sie würden sich schon noch sprechen, dann stapfte es im Sand davon. "Ist alles okay mit dir?" Sarah schien echt besorgt um Nik: "Weißt du, diesen Eric solltest du gar nicht beachten. Das ist ein Spinner, ein absolut verrückter Typ." Niklas lächelte, und die beiden verabredeten sich zum Abendessen in Mama's Fishhouse.

Sven saß im Whirlpool des Hotels, telefonierte mit dem jungen Rebnitz und versuchte ihm die sich mit Ingmar anbahnenden Probleme zu verklickern., als Nik sich zu ihm gesellte: "Du läßt dich doch von so einem nicht unterkriegen?" Du hast gut reden, Alter! dachte Sven. Aber Niklas hatte recht: Sein Freund war zum Kampf entschlossen. Eher würde er sein Surfbrett verkaufen als klein beigeben. Niklas, auf Svens Frage, ob sie heute abend mit vereinten Kräften diesen Ingmar in die Zange nehmen wollten, mußte ihm jedoch einmal mehr einen Korb geben: Es tue ihm furchtbar traurig, aber ausgerechnet heute abend sei er mit Sarah verabredet. Sven staunte Bauklötze: "Damit ist Britta wohl endgültig abgehakt, was?" Nik tat, als verstehe er Bahnhof: "Britta? Wer ist Britta?" Die beiden grinsten sich an.

Mama's Fishhouse war bis auf den letzten Platz besetzt, offensichtlich ein Geheimtip unter Feinschmeckern. Niklas saß am Fenster, als Sarah, mit einstündiger Verspätung, eintrudelte. Je schöner die Frau, desto länger läßt sie auf sich warten, dachte Nik bei sich.

Aber auch Sven mußte den heutigen Abend nicht mit sich allein und seinen Gedanken an Ingmar verbringen. Mit einem freundlichen Aloha und zwei Flaschen hawaiischen Weins stand auf einmal Rachel vor der Tür seines Hotelzimmers: "Ich hab' Ingmar gesagt, daß wir morgen zwei Stunden später anfangen, ja?" Gleich nahm sie den Liegestuhl auf dem Balkon in Beschlag, und während Sven eine Flasche aufmachte, wollte sie von ihm alles über seine Freundin erfahren: Wie alt ist sie? Blond, schwarz, braun? Attraktiv? Sven sah ihr forschend in die Augen: "Was genau willst du erfahren?" Rachel lächelte: "Daß du sie haßt. Und daß du unbedingt eine Frau kennenlernen willst, die dafür sorgt, daß du sie schnell vergißt." Sven schüttelte resigniert den Kopf: "Sonja ist und bleibt die große Liebe meines Lebens. Es vergeht

kein Tag, an dem ich nicht an sie denke. Auch jetzt."
Rachel kippte hastig den Rest aus ihrem Glas runter:
"Bastard!"

Für Niklas zerschlug sich unterdessen die erhoffte Schmusenummer zu zweit ganz allein unterm Sternenzelt. Sarah entführte ihn nach dem Essen ausgerechnet auf eine laute Beach Party. Die beiden tanzten etwas abseits, eng aneinandergeschmiegt, zu den Rhythmen eines Ghettoblasters. Sarah hatte ihren Kopf auf Niks Schulter gelegt. Doch in dem Moment, als Nik sie küssen wollte, wurde er von Gehupe auf- und abgeschreckt. Aus einem heranbrausenden schwarzen Pick-up sprang ein kräftig gebauter Mann, der sich von den anderen johlend begrüßen ließ. Nik zerrann das Gesicht: "Ist das nicht dein Zampano?" Sarah stöhnte, wollte schnell weg, aber Niklas hatte keine Veranlassung, vor diesem aufgeblasenen Eric zu kuschen und ihm die Bühne ganz zu überlassen. Sarah verschränkte die Arme und schaute Nik verärgert nach, als der zum Lagerfeuer hinüberging, um sich noch eine Flasche Bier zu holen. Eric erkannte ihn sofort: "Wer hat dich denn eingeladen, du Wichser? Verpiß dich, und zwar ein bißchen plötzlich!" Demonstrativ fragte ihn Nik nach einem ÷ffner: Oder könne er seine Flasche gar mit den Zähnen aufmachen? Gereizt haute Eric seine Pulle so kräftig gegen die von Nik, daß die zerbrach: "Jetzt ist sie offen, Kraut." Sarah schwante Übles, und sie hakte sich bei Nik unter: "Können wir jetzt gehen?" Erics Augen funkelten böse: "Willst du unbedingt eine Abreibung, Kraut? Kannst du gern haben." Sarah rettete die Situation, indem sie wütend davonstapfte. Nik hatte keine andere Wahl, als ihr hinterherzudackeln: "Wir sehen uns noch." Er brachte Sara, die plötzlich verdammt einsilbig wurde, zurück zu ihrem Pick-up und ging, als sie fort war, zu seinem Wagen.

Als Rachels Pick-up und der Mietwagen mit Sven und Nik am nächsten Morgen zur verabredeten Zeit am Strand bei Oneloa eintrafen, war Ingmar bereits bei der Arbeit. Nino hellte mit einem Reflektor zwei Topmodels, Lara und Tara, auf. Ingmar dirigierte die Szene mit großen Gesten:
"So, Tara, nimm Lara doch mal in die Arme...so, ja...steh' nicht so breitbeinig rum ...man könnte dich glatt für eine Sumo-Ringerin halten...ein bißchen griechischer, wenn ich bitten darf, so mit dem Rücken gebogen, einen Fuß leicht hinter dem anderen." Derart vertieft war der Schwede in seine Arbeit, daß ihm Sven gar nicht auffiel: "Okay, Kinder, das war der erste Streich. Zieht euch um, damit wir die Scheiße vor der Mittagspause im Kasten haben." Er drückte Nino die Kamera in die Hand, setzte seine Sonnenbrille auf und ging zu einem kleinen Tisch, dem ein Sonnenschirm Schatten spendete. Jetzt mußte Sven aber mächtig Dampf ablassen, wenn er sich nicht ganz zum Hampelmann machen lassen wollte, und stellte den unverschämten Fotografen zur Rede, wieso er ohne ihn angefangen habe. Ingmar musterte ihn abschätzig: "Weil ich dich nicht brauche."
Noch habe er hier die kreative Leitung, parierte Sven.
"Seit gestern abend nicht mehr", feixte Ingmar. "Rebnitz hat mir von deinem Anruf erzählt, und ich hab' ihm mal vorgerechnet, daß es billiger ist, auf dich zu verzichten als

auf mich. Und jetzt mußt du mich bitte entschuldigen. Ich habe zu arbeiten." Damit war für den Starfotografen die Sache erledigt.

Niklas schlug vor, ins Hotel zurückzufahren und noch einmal bei Rebnitz anzurufen, aber Sven wollte dem Fotografen seinen Triumph nicht gönnen. Rachel, immer noch auf dem versöhnlichen Trip, redete auf ihn ein, er solle vernünftig sein und an seine Karriere denken.

"Was für eine Karriere?" fauchte Sven. Rachel seufzte: "Ihr Männer seid alle gleich. Auf der ganzen Welt."

Sven baute sich vor Ingmar auf und befahl, das Unternehmen abzubrechen, bis alles geklärt sei.

"Sie machen Schluß jetzt! Und wenn mir Rebnitz bestätigt, daß Sie das Sagen haben, können Sie meinetwegen weitermachen."

Ingmar schien das nicht zu beeindrucken:

"Ich werd' dir mal was flüstern, Kleiner. Wir haben die beiden Models hier nur für einen Tag. Und wenn wir heute nicht fertig werden, dann kostet das die Agentur weitere 20 000 Lappen. Die kannst du dann ja gern aus eigener Tasche berappen."

Aber Sven ließ sich von so einem nicht einschüchtern:

"Und wenn ich Ihnen die Zähne einschlage, dann kostet Sie das schlappe zehn Mille."

Ingmar spitzte die Lippen, überlegte einen Moment und verdrückte sich in seinen Wagen. Nino ging zu den Models hinüber, um ihnen mitzuteilen, daß für heute Schluß war. Punktsieg für Sven.

Sarah bearbeitete mit einer kleinen Harke die Pflanzen hinter ihrer Hütte. Da erschien Eric auf einem Motorrad.

Er war zerknirscht, wollte wissen, warum sie es ihm so schwermache. Er griff in seine Hosentasche und holte ein Halskettchen heraus, mit einem winzigen Windsurfer als Anhänger. Sarah warf einen traurigen Blick darauf:
"Es hat keinen Sinn mehr, Eric. Es ist aus. Wann wirst du das endlich einsehen?" Sie drehte sich um, aber Eric packte sie, versuchte sie zu küssen. Sarah wehrte sich. Eric verpaßte ihr eine Ohrfeige. Entsetzt schlug Sarah mit der Harke zurück und traf ihn im Gesicht. Entsetzt suchte sie das Weite, ehe Eric wieder zur Besinnung kam.
Sie wußte nicht, wohin, und entschloß sich, im Hotel auf Nik zu warten. Als der mit Sven eintraf, fragte sie ihn, ob sie heute über Nacht bleiben könnte. Für die beiden kein Problem. Nik nahm Sarah mit zum Pool, und nachdem sie ein paar Runden gekrault waren, sah er sie fragend von der Seite an. Am Beckenrand warteten zwei Drinks auf sie.
"Ich hab' Eric vor einem Monat kennengelernt", machte Sarah ihrer Seele Luft, nachdem sie an ihrem Glas genippt hatte. "Hab' mit ihm rumgeshakert, so wie damals mit dir in St. Peter. Am Anfang war's ganz nett, aber dann ging mir seine dauernde Eifersucht auf den Keks. Nach drei Wochen hab' ich Schluß gemacht. Das heißt, ich wollte Schluß machen...Aber er hat mir gedroht, er würde mich umbringen, wenn ich ihn verlasse." Niklas riet ihr, sofort zu packen und nach Deutschland zurückzugehen – vielleicht, so hoffte er insgeheim, mit ihm nach St. Peter –, aber Sarah wollte nicht türmen. Für sie war Maui zur zweiten Heimat geworden: "Ich liebe diese Insel." Niklas küßte sie: "Und ich liebe dich." Sie schloß die Augen, ließ es geschehen. Zärtlich nahm Niklas ihren

Kopf in seine Hände. Die beiden umarmten sich. Küßten sich leidenschaftlich. Tauchten unter.

Später. Sarah schlief friedlich in Niks Bett. Niklas selbst war auf dem Balkon und betrachtete den Sternenhimmel. Da kam Sven ins Zimmer. Er hatte noch einmal mit Rebnitz telefoniert, der ihm bescheinigt hatte, wenn er die Fotos nicht liefern könne, auf die sie sich geeinigt hätten, dann, ja dann …

Am nächsten Morgen, als Nik aufwachte, war Sarah fort. Nur einen Zettel hatte sie hinterlassen: "Es war schön mit dir, aber ich muß mit meinen Problemen allein fertig werden." Niklas zerknüllte das Papier. Sven tröstete ihn: "Ist besser so, glaub' mir. Sie wär' nur 'ne Zwischenlösung gewesen." Nik sah seinen Freund an: "Du glaubst wohl immer noch, daß ich Britta nicht vergessen kann."

Am Strand waren etwa fünfzig Surferinnen und Surfer mit Vorbereitungen für das Rennen beschäftigt. Niklas und Sven bauten ihre Bretter zusammen, als Sven eine Idee kam. Er lief weg, um zu telefonieren: "Ich werd' bei dem Rennen nicht mitfahren."
Nik war erstaunt: "Hast du einen Sonnenstich? Ich denk', du bist Surfer mit Leib und Seele – oder sollte ich mich in diesem Punkt geirrt haben?"

Sven rief Rachel von einer Telefonzelle aus an.
"Kannst du mir einen Gefallen tun? Ich brauch' dich hier beim Rennen. Mit einem Hubschrauber. Du hast mir doch erzählt, du kennst hier jemanden, der Pilot ist. Ja, es ist

wichtig. Lebenswichtig. Es geht um meine Zukunft. Alles weitere erklär' ich dir später. Äh, und bring' deine Fotoausrüstung mit."
Am anderen Ende der Leitung hängte Rachel ein: "Männer!"

Sven rannte wieder hinunter zu Niklas: Wenn alles klappe, werde er das Rennen von einem Hubschrauber aus mit der Kamera verfolgen. Er war fest davon überzeugt, daß dies die besten Outdoor-Fotos würden, die Rebnitz je gesehen hat: "Das ganze kombinieren wir noch mit 'nem Kaugummi-Pack-Shot, dann steht die Sache. Und Ingmar kann sich in die Knie ficken." Niklas hatte nur eine Frage: "Muß ich während des Rennens den Kaugummi in die Kamera halten?"

Am Strand ging der Starter auf seine Position. Niklas machte Atemübungen, derweil Sven den Himmel absuchte. Hoffentlich hatte Rachel diesen – wie hieß er noch? – Gerry erreichen und breitschlagen können. Da schob sich plötzlich Unsympath Eric mit seinem schwarzen Brett zwischen die Freunde. Finster musterte er Nik.
"Heut' bist du dran, Kraut. Kannst schon mal dein letztes Gebet sprechen. Abgerechnet wird auf dem Wasser."
Vorsichtig erkundigte sich Sven, wer der Muskelberg sei.
"Der Verlierer", schnaubte Nik mit der Überzeugung des Siegers. Über Megaphon gab der Starter das Kommando. Entfernt hörte man die Rotoren eines Hubschraubers. Erleichtert atmete Sven auf: "Na, endlich!" Er winkte und ließ sich von dem Piloten aufnehmen. Jetzt konnte das Rennen beginnen.

Schon bald lag Nik in Führung. Drei andere Surfer blieben ihm dicht auf den Fersen, unter ihnen Eric. Einer der beiden anderen Konkurrenten kam Eric zu nahe. Die beiden fuhren Kante an Kante. Als sei er Messala auf einem Streitwagen aus Ben-Hur, berührte Eric das Brett des Gegners. Der andere Surfer verlor das Gleichgewicht und stürzte. Nik muße mit einem waghalsigen Manöver ausweichen. Rachel fotografierte wie wild von oben.
Inzwischen lenkte Eric sein Brett neben Niklas, um ihn auszuhebeln. Nik wich aus, versuchte Abstand zwischen den Boards zu halten. Aber Eric drängte seinen Kontrahenten immer mehr in Richtung Strand ab. Plötzlich tauchte vor ihnen ein Riff auf. Wellen brachen sich an dem spitzen, unheilvollen Felsen. Niklas schob sich unvermittelt zu Eric hinüber, um nicht mit dem Riff zu kollidieren. Dabei berührten sich die Kanten der Bretter. Beide konnten sie der Felsspitze ausweichen. Durch die Beinahe-Kollision war Niklas jetzt eine Nasenlänge voraus. Eric packte seinen Gabelbaum fester, zog ihn leicht herum und rammte Niklas. Doch bei diesem Manöver verlor er das Gleichgewicht. Beide stürzten ins Wasser, und Eric wurde am Kopf getroffen – von seinem eigenen Brett.
Rachel oben im Helikopter ließ erschrocken die Kamera sinken. Gerry wies Sven auf ein Seil hin, das unter seinem Sitz verstaut war und das er in eine Winde einklinken sollte.
Als Niklas wieder hochkam, kriegte er Erics Brett zu fassen. Die Wellen drohten ihn auf zackige Felsen zuzutreiben. Während er verzweifelt dagegen ankämpfte, sah er Eric wie eine leblose Puppe im Wasser treiben. Als Eric

leicht gegen einen Felsen trieb, schob sich Nik mit seinem Brett an ihn heran und zog ihn am Gürtel zu sich. Dann brachte er sich und seinen bewußtlosen Rivalen in einem ruhigeren Eck des Riffs in Sicherheit. Gerry dirigierte den Hubschrauber unterdessen nach unten und setzte die Winde in Betrieb. Beim zweiten Versuch bekam Niklas das Seil zu fassen und band es um Erics Körper. Während Eric hochgezogen wurde, klammerte sich Nik an eine Felsenspitze. Sein Blick fiel auf Sven, der oben an der Winde saß. Schwach lächelnd hob Niklas den Daumen. Sven grüßte zurück.

Einige Tage später holten Rachel und Sven Niklas aus dem Krankenhaus ab: Sein Gesicht war verschrammt, die Hand eingebunden. Er humpelte aus der Tür. Rachel tröstete ihn über den verlorenen Sieg und garantierte, daß ihre Fotos Spitze würden. Am Pick-up wartete Gerry auf sie. Er gab der überraschten Rachel einen Kuß. Die beiden anderen freuten sich für sie.

Bevor sie nach Hause flogen, ließ sich Niklas noch einmal zu Sarah fahren. Offen fragte er sie, ob sie mit ihm kommen wollte. Sarah wischte sich eine Träne aus dem Auge: "Das würde nicht gutgehen."
Niklas sah sie an: "Warum nicht?"
"Weil du Britta noch nicht vergessen hast", seufzte Sarah. Und weil ich etwas Zeit brauche, um mir klarzuwerden, was ich will." Mit einemmal stand Eric, den Kopf bandagiert, im Fliegengitter der Tür. Er starrte Niklas lange an, dann lächelte er und reichte seinem Rivalen und Lebensretter die Hand. Aus der Tasche zog er ein

Halskettchen, das er draußen gefunden hatte: Es hatte einen winzigen Surfer als Anhänger. Unschlüssig legte er es auf den Tisch vor Sarah.
"Vielleicht meldet sich der Besitzer ja bei dir." Dann drehte er sich um und ließ die beiden allein.
Sarah küßte Nik zum Abschied: "Und jetzt verschwinde. Sonst versäumst du deinen Flieger."

Am Flughafen wartete überraschend Ingmar auf sie. Der Schwede war zwar noch nicht restlos überzeugt von Svens Konzept, aber er konnte ihm seine Anerkennung nicht verwehren.
"Du bist ein sturer Kopf. Wirst es noch mal weit bringen. Okay, ich lege Rebnitz deine und meine Fotos vor. Dann werden wir ja sehen. Und sollte er sich für deine entscheiden, was ich erwarte, hab' ich für meine Fotos noch eine andere Vermarktungsmöglichkeit."
Sie reichten sich die Hände.

6
Der kleine Prinz

Die erste Person, die Sven daheim in St. Peter um den Hals fiel, trug Motorradkluft und einen schwarzen Helm. Es war Sonja. Sven war irrsinnig glücklich, sie zu sehen, und doch auch besorgt: "Du hast doch noch keinen Führerschein für das Ding." Lässig winkte Sonja ab: "Übung macht den Meister. Der fahrbare Untersatz gehört einem Freund von Rocky. Und in zwei Wochen hab' ich den Lappen sowieso. Ist nur noch eine Formalität." Bevor Sven weitere Einwände machen konnte, knutschte ihn Sonja stürmisch ab: "Jetzt sag' schon, du Schwerenöter: Wie sind sie gewesen, die Hulamädchen auf Hawaii?" Sven überlegte einen Moment, dann machte er eine King Elvis the Pelvis nachempfundene obszöne Bewegung: "Ach, du meinst diese Superfrauen, die bei uns ein- und ausgegangen sind." Alle drei mußten sie lachen. Und Niklas dachte daran, wie schön es jetzt wäre, wenn auch Britta zu seiner Begrüßung erschienen wäre. Er seufzte still in sich hinein.

Martina war wieder in Hamburg, um bei Frau Dr. Sperling, der Gynäkologin, ihren Befund abzuholen: Rein physisch gebe es keinen Grund, weswegen sie keine Kinder bekommen könne, doch im Moment stimme ihr Hormonhaushalt nicht. Martina reagierte leicht hysterisch: "Ich will Kinder, Frau Doktor. Unbedingt."

Dr. Sperling beruhigte sie: "Und genau das ist Ihr Problem. Um jeden Preis geht eben nicht. Wenn Sie sich in Ihrem Kinderwunsch so verkrampfen, führt das dazu, daß Ihr Körper streikt. Menschen sind keine Maschinen, die man nach Belieben ein- und ausschalten kann. Sie sind doch noch so jung. Sie haben noch so viel Zeit, die Angelegenheit locker anzugehen..." Martina senkte niedergeschlagen den Kopf. Genau das hatte ihr auch ihre Freundin Britta gesagt. Draußen wartete Rocky auf sie, besorgt und gespannt. Der Blick, dem Martina ihm zuwarf, sprach Bände. Rocky ließ für einen Augenblick den Kopf hängen, dann sah er sie an und versprach ihr, daß sich in ihrer Beziehung nichts ändern werde, ob sie jetzt Kinder hätten oder nicht. Warum sie glaube, daß er sie sonst geheiratet habe. Martina unterdrückte die Tränen nur mit Mühe: "Weil du eine Familie wolltest."

Am Pfahlbau hatte sich die Clique vollzählig eingefunden. "Ruhe auf den billigen Plätzen!" Nik und Sven schnürten einen Seesack auf. "Zuerst mal ein Geschenk für euch alle!" "Soll ich raten?" hechelte Timo mit heraushängender Zunge. "Eine Hula-Tänzerin im Bastrock?" Tanja gab dem Kleinen eine Kopfnuß: "Schnauze, sonst Beule!" Statt der Hula-Tänzerin fischte Sven einen Umschlag aus dem Sack. Die Clique schnitt enttäuschte Grimassen. Aber Sven klärte sofort auf: Das sei der Scheck, die Kohle für die besten Surfbilder seit Einführung des isotonischen Kaugummis. Und es komme noch besser. Morgen habe er einen Termin bei der Agentur Dr. Popp und Partner in Hamburg. Weitere Großaufträge seien in Sicht, von denen sie alle profitieren würden. Die Gruppe pfiff und johlte vor Begeisterung. Sowas hörte man gerne. Nur Sonja mit ihrem Sinn fürs Praktische hakte nach: "Wieviel genau habt ihr denn für eure Hawaii-Fotos gekriegt?" Sven druckste herum, Nik überschlug: "Also – nach Abzug aller Unkosten bleiben fünf Mille und ein paar Zerquetschte." Tanja drängte sich zu Sven vor: "Hast du wenigstens Sonja was mitgebracht, Krösus?" Sven strahlte über beide Ohren und gab der Gruppe ein Zeichen, sich umzudrehen. Dann legte er – wow! – Sonja eine hawaiische Amulettkette um.

Die Werbeagentur Dr. Popp und Partner war, was man einen durchgestylten Betrieb zu nennen beliebt. Der Chef, Dr. Popp, spielte den Dynamischen. Einer, der wenig Zeit hatte und sich nicht lange mit Kleinvieh aufhielt. Er drückte Sven die Hand, kurz und bündig: "Sie sind Sven Westermann? Hab' von Ihnen gehört. Ihre Hawaii-Aktion – Respekt, Respekt. Nun, meine Assistentin hat sie ja schon gebrieft." Svens Augen formulierten ein breit geschwungenes Fragezeichen. Popp überspielte die kleine Unsicherheit: "Also, es geht um eine PR-Aktion für Piranha, eine Fashionfirma, die mal was anderes will. Haben Sie eine Idee?" Sven überlegte, dann sagte er, ebenso kurz und bündig: "Helgoland. Auf dem Surfbrett. Hin und zurück. In sieben Stunden." Popp schniefte: "Unmöglich. Wer soll das schaffen?" Aber Sven ließ sich nicht beirren und spann unbekümmert weiter: "Kein Problem. Den finde ich schon. Und wir begleiten ihn mit Kameras. Auf einem Schiff. Und natürlich mit Hubschrauber, wie auf Maui. Stellen Sie sich das nur mal vor: Allein mit dem Surfbrett gegen die unberechenbaren

Gewalten der Nordsee! Im einsamen Kampf gegen Wind und Wellen! Individualismus pur! Und wenn er in Helgoland ankommt, erscheint ganz groß der Name des Sponsors ins Bild. Dann wendet er, fährt zurück. Und bei seiner Ankunft in St. Peter erscheint wieder das Firmensymbol. Das alles live in Eurosport. Absolut hip, was? Spannung, Dramatik, eine großartige sportliche Einzelleistung." Popp blickte hinauf zur Decke, als erwarte er von da oben eine Eingebung, dann nickte er: "Einverstanden, Westermann. Aber nur unter der Bedingung, daß die Aktion absolutes First-Class-Niveau hat." Er versprach 40 Prozent Vorschuß und wollte sich gleich mit Marc Grosse von der Firma High-Concept-Film in Verbindung setzen.

Wieder zurück in St. Peter verkündete Sven der Clique die brandheißen Neuigkeiten. Tjard und Boje teilten Svens Begeisterung überhaupt nicht: "Bist du wahnsinnig?! Das geht nicht! Haben wir schon mal überlegt! Wer soll denn sowas machen? Ist doch der nackte Wahnsinn!" Sven sah Niklas an, auf den er seine ganze Hoffnung setzte. Der strich sich, um cool zu erscheinen, über die Fingernägel: "Einmal St. Peter – Helgoland und zurück? Den Trip wollte ich schon immer mal machen." Sven, dem ein Stein vom Herzen fiel, ging auf seinen Freund zu und umarmte ihn: "Ich hab' schon immer gewußt, daß du komplett irre bist, Alter."

Vor dem Hotel Westermann fuhren zwei schwarze Vans der Firma High-Concept-Film vor. Marc Grosse, der Producer, blickte sich naserümpfend um. Sven begrüßte ihn. Grosse musterte ihn kurz und stellte Remi Nessen, seinen Bildregisseur, und die Moderatorin Natascha vor. Sven war sichtlich beeindruckt. Schienen ja echte Profis zu sein, so wie die auftraten. Der Wirbel, den die TV-Crew veranstaltete, war jedenfalls hollywoodreif. Es sah gleich so aus, als wollten sie jede Menge Extrawürste gebraten haben, nachdem sie sich schon in so ein Nest wie St. Peter bemüht hatten. Christine war entsetzt: Wenn ihr in der Goodewind Typen wie Grosse kämen, na, denen würde sie ganz schön Bescheid stoßen. John Westermann aber zuckte nur die Achseln: Solange Svens PR-Firma dafür finanziell geradestehe, sei bei ihm der Kunde immer noch König.

Niklas rechnete das Unternehmen schnell noch einmal nach: "Also, wir haben den Rest unserer Hawaii-Gage. Dann die 40 Prozent Akonto von der Agentur. Bleiben immer noch gut zehntausend, die wir vorfinanzieren müssen." Sven stöhnte, dann kroch er, rechtschaffen müde, zu Sonja ins Bett. "Was hat denn mein kleiner Prinz?" flüsterte die und legte den Kopf an seine Brust. "Deinem kleinen Prinz schwirrt der Kopf", beklagte sich Sven. Sonja küßte ihn und zog unter dem Kopfkissen ein Exemplar des "Kleinen Prinzen" von Antoine de Saint-ExupÈry hervor. Da sei eine Stelle, die müsse der Autor speziell für sie beide geschrieben haben: "Du bist zeitlebens für das verantwortlich, was du dir vertraut gemacht hast. Du bist für deine Rose verantwortlich. 'Ich bin für meine Rose verantwortlich', wiederholte der kleine Prinz, um es sich zu merken." Sven war eingeschlafen. Sonja lächelte, deckte ihren kleinen Prinzen zu und schmiegte sich zärtlich wie ein Kätzchen an ihn.

Grosse bemühte sich, den Dreh generalstabsmäßig zu organisieren. Wie Golfkrieg-Oberbefehlshaber Schwarzkopf vor Bagdad, setzte er sich in Szene und erteilte mit sich überschlagender Stimme Anweisungen, die Susi, seine Produktionsassistentin, gehorsam in ein Diktiergerät sprach. Ob solch blinde Betriebsamkeit dem Projekt zuträglich war oder nicht, war für ihn zweitrangig. Hauptsache, er fiel auf. Man merkte diesem Medienmenschen an, daß er Probleme mit sich selbst hatte und aus diesem Grund unbedingt und überall den Herrn Wichtig spielen mußte. Wahrscheinlich würde er ohne Medien gar nicht mehr existieren: Die Glotze flimmert, also bin ich! Für sein Ego war das eine, auch noch gut bezahlte, Therapie. Kameramann Arno, der sowas noch nie gemacht hatte, befahl er in den Hubschrauber: "Du hast doch nicht etwa Angst? Denkst wohl, ihr werdet hier fürs Herumsitzen bezahlt?! Und Bernd, hör mal, du kümmerst dich um das Begleitschiff. Bernd? Kann mir mal einer sagen, wo Bernd ist? Equipment, Licht, Podium hier. Kran wär' auch nicht schlecht oder besser noch: eine Hebebühne!" Natascha, die ein paar Infos brauchte, ging hinüber zu Nik und Timo: "Könnt ihr mir mal erklären, wie man mit so einem Surfbrett umgeht?" Timo strahlte, das Mädchen gefiel ihm:
"Wenn dir das jemand erklären kann, dann ich. Ich bin praktisch auf einem Surfbrett zur Welt gekommen." Und schon schleppte der Bengel Natascha ab.
Niklas lächelte und bastelte weiter an seinem Brett.
Grosses Techniker installierten eine große Videowand.

Sven erwartete, wenn die Werbetrommel richtig gerührt wurde, 500 Live-Zuschauer. Da baute einer der Spezialisten, der an einem Mischpult arbeitete, einen Kurzschluß. Sven war etwas beunruhigt, aber der Techniker beschwichtigte: "Keine Bange. Bei mir ist noch nie eine Übertragung schiefgegangen." Während der Techniker weiterwerkelte, fragte Sven Nessen, wie lange der Mann schon bei High Concept sei. "Seit einer Woche. Warum?" kam die Antwort. "Aber unbesorgt: Er hat Erfahrung als Roadie. Bei uns arbeiten nur zuverlässige Leute." Seufzend ergab sich Sven dem Prinzip Hoffnung. Daß er die Leute aus seinem Budget bezahlen mußte, daran mochte er gar nicht denken, aber: Wer nichts riskiert, der nichts gewinnt.

An der Rezeption des Hotels Westermann schmierte Grosse Iwana Honig um den nicht vorhandenen Damenbart: "Ich kann einfach nicht glauben, daß Sie noch nicht entdeckt worden sind. Soll ich Sie nicht ein wenig unter meine Fittiche nehmen, meine Schöne?" Obwohl sie sich geschmeichelt fühlte, blieb Iwana standhaft und winkte ab: "Nein, danke. Ich bin hier voll ausgelastet." Leicht pikiert verzog sich Grosse in die Sauna. Christine, die das mitangehört hatte, gab Iwana recht: "Unangenehmer Zeitgenosse." Iwana nickte: "Das können Sie laut sagen. Der labert mich jetzt schon zum x-ten Mal mit seiner Karriere voll."
"Die findet wahrscheinlich auf seinem Schoß statt", stichelte Christine. "Bei diesem Job sollten Sie Gefahrenzulage bekommen."
Mit der Gefahrenzulage lag Christine gar nicht mal so

falsch. Wenige Minuten später klingelte an der Rezeption das Telefon. Als Iwana abnahm, meldete sich am anderen Ende Grosse: "Schätzchen, Sie können mir einen großen Gefallen tun. Lassen Sie sich mal für eine Stunde vertreten und leisten Sie mir etwas Gesellschaft. Ich habe was Wichtiges mit Ihnen zu besprechen. Nein, keine Widerrede! Ich regle das schon mit Ihrem Chef. Wir treffen uns in der Sauna. Da sind wir ganz unter uns." Iwana versprach, in fünf Minuten bei ihm zu sein, und zwinkerte Christine verschwörerisch zu. Zufrieden legte Grosse auf, paffte noch mal an der Zigarre, die jeden Möchtegern-Produzenten aus alten Filmbilderbüchern auszeichnete, und marschierte zufrieden in die Sauna. Auf diesen Augenblick hatte Iwana nur gewartet. Sie schlich sich an, schob einen großen Riegel vor die Saunatür und verschwand. Als Grosse merkte, daß er eingesperrt war, war es schon zu spät. Seine dumpfen Hilfeschreie verhallten ungehört.

In Rockys Pizzeria wartete das Team schon ungeduldig auf den Producer. Sven sah dauernd auf die Uhr. Nessen war das schon gewohnt: "Typisch. Der muß immer zu spät kommen. Gehört zu seinem Image. Immer schön die anderen warten lassen, damit alle wissen, wie unverzichtbar er ist." Endlich – mit erheblicher Verspätung und krebsrotem Gesicht – erschien Grosse, ließ sich in einen Stuhl fallen und verlangte eine Flasche, nein, einen ganzen Eimer Mineralwasser. Die erste große Auseinandersetzung zwischen ihm und Sven war geradezu programmiert. Der Streit entzündete sich daran, daß Sven Tanja als Fotografin vorgesehen hatte. Grosse war absolut dagegen: "Dann platzt die Sache, und ich reise heute noch ab. Entweder wir machen hier ein perfektes Produkt oder gar nichts." Tanja ließ den Kopf hängen: Eigentlich war sie ganz froh, nicht für diesen Pfeifenkopf arbeiten zu müssen, gestand sie Nik im Flüsterton und verabschiedete sich frostig. Sven war wütend: "Sind Sie jetzt zufrieden, Grosse?!" Den Angesprochenen ließ das unbeeindruckt: "Der Zweck heiligt die Mittel. Und, sehen Sie zu, daß Sie ins Bett kommen, Herr Andersen. Wird morgen ein harter Tag." Damit rauschte der Producer ab.

Sven und Nik rechneten vorsichtshalber noch einmal nach. Sichtlich nervös meinte Sven, er werde mit Popp wegen einer Nachbesserung verhandeln müssen. Die Hauptsache sei, Niklas ziehe das morgen durch. Nik war überzeugt: "Wird schon schiefgehen." Dann, zu den heißen Rhythmen aus Rockys Musikbox, legte er mit Natascha einen Tanz aufs Parkett; die Kleine flirtete leidenschaftlich mit ihm. Als Timo mitbekam, wie die beiden auch noch ein wenig schmusen, hielt ihn nichts mehr im Ristorante. Nur raus, hier stank es!

Deprimiert hielt der Youngster die ganze Nacht Wache vor Niks Pfahlbau. Als die Sonne aufging, sah er Natascha herauskommen. Sven, Sonja und Nik saßen gemütlich beim Frühstück, als Timo, den Tränen nahe, hereinstürmte und Niklas eine Szene machte.
"Du bist ein ganz gemeiner, hinterhältiger Verräter, jawohl, das bist du! Und glaub' ja nicht, daß ich dir das jemals vergesse! Wir sind die längste Zeit Freunde gewesen!" heulte Timo wütend.

Was ist denn in den gefahren? dachte Nik, aber Timo hatte sich jetzt in Fahrt geredet.
"Du weißt ganz genau, daß ich in Natascha verknallt bin. Und was machst du? Du baggerst meine Flamme an und schleppst sie ab. Du bist für mich gestorben." Die Worte überschlugen sich. Vor Timos Augen verschwamm alles, und der Junge stürzte aus dem Raum. Nik sah ihm nach und tippte sich an die Stirn: "Spinnt der oder was?!"
Am Strand – unter nicht zu übersehenden Piranha-Logos – hatten sich bereits jede Menge Zuschauer und Neugierige versammelt. Die Kameras waren postiert, und Techniker machten letzte Checks. Dr. Popp erschien persönlich, mit einer Blondine im Schlepptau. Nur Niklas war nicht ganz bei der Sache: Er grübelte, machte sich Sorgen um Timos geistige Verfassung. Da kam Tanja angerannt. Sie war ganz außer Atem: "Timo ist aufs offene Meer rausgesurft! Ganz alleine!" Nervös redete Sven auf Nik ein: "Jetzt mußt du erst recht raus. Du wirst Timo schon da draußen finden." Das mußte er Nik nicht zweimal sagen. Der lief mit seinem Brett gleich hinunter zum Wasser. Christine umarmte ihren Sohn, wünschte ihm Glück und bat ihn, nur ja vorsichtig zu sein.

Als der Startschuß fiel, sprang Nik behende auf sein Brett, flankiert von Beibooten, die mit Kameras bestückt waren. Natascha sprach direkt in eine Kamera.
"Pünktlich um zehn ist Nik Andersen gestartet. Er hat ungefähr 45 Kilometer bis Helgoland vor sich. Die Wetterprognose ist günstig; es weht ein leichter Westwind, der noch auffrischen soll. Wird Nik sein hochgestecktes Ziel erreichen und unter sieben Stunden blei-

ben …? Das ist die Frage, die hier die Gemüter bewegt."
Ständig sah Sven auf seine Uhr. Bald hatte Nik ein gutes Drittel der Strecke zurückgelegt. Nur Sven wußte, daß es seinem Freund nicht nur um die Zeit ging, sondern auch darum, da draußen Timo zu finden.
Während Niks Brett auf dem Wasser förmlich dahinflog und ein Chor aus Dutzenden Stimmen, die seinen Wellenritt auf der Bildwand verfolgten, ihn anfeuerte, hatte Grosse Probleme im Ü-Wagen, titulierte die Technik "Schrottequipment" und beschimpfte einen seiner Techniker als "Volltrottel".

Natascha kommentierte, was sie auf ihrem Monitor sah: "Nik Andersen hat nun fast Helgoland erreicht und könnte tatsächlich einen neuen Rekord aufstellen. Aber was ist das? Ein weiterer Surfer ist offensichtlich auf dem Weg zur Insel. Er scheint aber bereits aufgegeben zu haben. Sitzt auf seinem Surfbrett und weiß offensichtlich nicht, was er tun soll. Nik Andersen sollte ihn den Rettungsbooten überlassen, sonst gefährdet er seinen Rekord. Nein, ich sehe. Nik stoppt seine Fahrt. Ich kann mir das nicht erklären…"
Durch die Menge der Zuschauer ging ein Raunen.

Die apathische Figur auf dem Surfbrett war natürlich kein anderer als Timo. Niklas sprang ins Wasser und schwamm zu ihm hinüber. Nur widerwillig ließ ihn Timo auf sein Brett: Dieser Niklas war ihm scheißegal. Und die Clique konnte ihm gestohlen bleiben. Nik tat das einzig Richtige in der Situation; er bot ihm die sprichwörtliche Friedenspfeife an: "Hör mal, Timo, das mit Natascha, das

tut mir wirklich leid. Ich wußte nicht, daß du so auf die Kleine stehst. Sonst hätte ich doch nie ..." Langsam taute Timo auf seinem Brett auf: "Ehrlich?" Nik blickte so treuherzig wie möglich und gab sein großes Indianerehrenwort. "Und du läßt ab sofort die Finger von ihr – versprochen?" hakte Timo, um ganz sicherzugehen, nach.
Für Nik kein Problem, aber wenn sie jetzt noch den Rekord schaffen wollten, mußten sie sich ganz schön beeilen. Timo strahlte: "Gebongt."
Niklas begab sich wieder auf sein Board:
"Also los, dann komm! Aber wenn wir in Helgoland sind, dann gehst du ins Boot, klar?"
"Wie Kloßbrühe!"

Natascha quasselte derweil unbekümmert weiter: "Nik hat eine Menge Zeit verloren, aber jetzt setzt er seine Fahrt zusammen mit dem anderen Surfer fort. Wir können nur hoffen, daß er es noch schafft."

Endlich tauchten vor den beiden Surfern die Piranha-Spruchbänder auf, die ihnen anzeigten, daß Helgoland vor ihnen lag. Timo war völlig geschafft. Den Rückweg mußte Nik wirklich alleine antreten. Völlig entkräftet verdrückte sich Timo aufs Beiboot.

Natascha war ganz aus dem Häuschen.
"Er hat's geschafft! Niklas Andersen hat Helgoland vor der Zeit erreicht und macht sich nun auf den Rückweg. Noch einmal hat er 45 Kilometer vor sich. Der Wind frischt jetzt gefährlich auf, die Wellen sind unangenehm

hoch …"

Da, auf einmal, flimmerte es auf Bildwand und Monitor: totaler Bildausfall. Sven stürmte in den Ü-Wagen, wo Dr. Popp und Grosse mit den Technikern herumdiskutierten. Grosse versuchte zu beschwichtigen: "Keine Sorge. Wir haben alles im Griff. Verdammt, Susi, hast du endlich den Helikopter dran?" Susi und die Techniker taten, was sie konnten. Grosse redete auf Dr. Popp ein: Er hoffe, daß sie, obwohl es hier ein kleines Problem gebe, trotzdem auf Sendung seien.

"Und wenn nicht?" fragte Sven besorgt.

Dann hätten sie ein Riesenproblem, meinte Popp nachdenklich.

Draußen am Strand brach die Clique in Jubel aus. Niklas steuerte mit seinem Brett auf das Ufer zu. Über ihm knatterte der Hubschrauber. Glückwünsche. Christine kam gelaufen, ihren Sohn zu umarmen. Derweil kochte Sven im Ü-Wagen vor Wut: "Mein bester Freund riskiert seinen Arsch, und ihr seid nicht mal in der Lage, eine ordentliche Übertragung zustande zu bringen!" Grosse wollte was entgegnen, aber Sven ließ sich von dem medialen Scheinriesen nichts mehr vormachen:

"Sie halten jetzt mal schön den Mund, Grosse! Lang genug haben Sie ihn ja aufgerissen! Wer hat mir denn garantiert, daß hier absolute Top-Profis am Werk sind? Und jetzt wollen Sie mir erzählen, daß nur die Hälfte der Show auf Sendung war?!" Boje, der alles mitbekommen hat, nahm seinen ganzen Mut zusammen, seinem Kumpel beizustehen: "Ich hab' gehört, wie Ihre Techniker über das veraltete Equipment gesprochen haben. Und daß die meisten Hilfskräfte sind und sich nicht richtig auskennen."

Grosse machte Anstalten, zum Gegenangriff überzugehen, den er für die beste Verteidigung hielt, aber da stürmte Nik schon wutschnaubend herein:
"Was hab' ich da gehört? Ich war nur zur Hälfte drauf?!"
Grosse winkte ab: "Mein Gott, was ist denn passiert? Dann machen Sie Ihre beschissene Helgoland-Tour eben noch mal!" Niklas sah in Grosses unangenehme Visage und rot und erteilte ihm die im Augenblick einzig richtige Antwort. Ein gut placierter Schwinger schickte den Herrn Producer zu Boden. Ohne ein weiteres Wort zu verlieren, verließ Nik den Ü-Wagen.

Jetzt wollte natürlich auch noch die restliche Clique Grosse und seinem hochnäsigen Kindergartenstab an die Gurgel. Sven riet den Herrschaften, auf der Stelle ihre Siebensachen zu packen und abzuhauen. Und Natascha gab er noch den guten Rat, es in Zukunft mit Gleichaltrigen aufzunehmen statt kleine Jungs zu verführen und dann wegzuwerfen.

Am nächsten Tag verhandelte Dr. Popp die Angelegenheit mit Sven in der Agentur: Er habe mit dem Sponsor geredet, aber der sehe es so, daß der Vertrag nicht eingehalten wurde. Und wie Sven wisse, sei die gesamte Summe nur bei erfolgter Ausstrahlung fällig. Aber ausgestrahlt worden sei nun einmal nur die Hälfte.
Man merkte Sven die Enttäuschung an: "Damit wären meine Firma und ich in der roten Zone. Und zwar bis zur Oberkante Unterlippe." Dr. Popp zuckte die Schultern: "Geschäftsrisiko."
Zurück am Strand bat er Sonja, ihm noch einmal aus

Saint-ExupÈrys "Kleinem Prinzen" vorzulesen. Sonja zog das Büchlein heraus, das sie immer bei sich hatte: "Hier mein Geheimnis. Es ist ganz einfach: man sieht nur mit dem Herzen gut. Das Wesentliche ist für die Augen unsichtbar." Beide schlossen sie ihre Augen – und küßten sich. Am Horizont ging die Sonne unter. Wie Tauben erhoben sich die Augen ihrer Herzen in den Himmel, um frei zu sein.

7

Sonja

Sonja hatte noch immer nicht ihren Führerschein, aber das störte sie überhaupt nicht. Sie hatte sich vorgenommen, keine Angst zu zeigen und ihr Motorrad zu bändigen. Nicht einmal die von Sven angedrohte Strafe, 25 Jahre Arbeitslager in Sibirien, schien sie zu beunruhigen. Auf ihrer Maschine brauste sie Sven und Niklas davon. Sven schüttelte seinen Kopf: "Saint-ExupÈry war auch ein hervorragender Pilot – und trotzdem ist er abgestürzt." Niklas sah seinen Freund fragend an. Sven erklärte: "Das war der Autor, der den 'Kleinen Prinzen' geschrieben hat, Sonjas Lieblingsbuch, und ein Jahr später, 1944, ist er über dem Mittelmeer abgeschossen worden. Ich werd' irgendwie das Gefühl nicht los, daß Sonja in Gefahr ist. In großer Gefahr." "Du grübelst zuviel", versuchte Nik seinen Freund zu beruhigen. "Das kommt alles von den Schulden. Komm, wir müssen was dagegen tun." Und wie er das sagte, mußte er an Britta denken.

Um ihre Schulden zu begleichen, sahen die beiden keine andere Möglichkeit, als die heißgeliebten Bulli und Buggy abzustoßen, und fuhren zu Auto-Hofer. Sven pries ihre fahrbaren Untersätze in den höchsten Tönen, erstklassig gepflegt, Topzustand, aber Hofer, der einen kläffenden Schoßhund unterm Arm hielt, wies mit zwei Fingern auf seine Augen: "Solange meine Guckerchen

noch den Durchblick haben, könnt ihr zwei Grünschnäbel mich nicht verarschen. Was wollt ihr für eure Schrottkisten?" Wehmütig blickte Sven auf die Wagen: "Mein Buggy ist mindestens acht Braune wert, schätze ich. Und Niks Bulli sollte schon noch zweitausend bringen." Schließlich sei er geil bemalt, gab Niklas zu bedenken. Hofer starrte die beiden an, als seien sie soeben mit einer Fliegenden Untertasse vom Mond gekommen, dann spuckte er in den Sand.
"Also. Für den Buggy geb' ich euch vier Riesen. Cash. Aber wenn ich den Bus nehmen soll, müßt ihr mir noch was draufzahlen." Grußlos stampfte er in seinen Wohnwagen zurück und schlug die Tür hinter sich zu. Der Köter hatte aufgehört zu kläffen.

Nik und Sven sahen einander deprimiert an. Sven wollte am liebsten alles hinschmeißen.
"Was soll ich nur machen? Wenn wir die Helgoland-Geschichte und die ganzen Schulden nicht am Hals hätten – okay. Aber wir brauchen die Kohle nun mal, und zwar schnellstens." Niklas schaute zu seinem Bulli: "Wenigstens bleiben wir zwei zusammen. Und du, Sven, denk' dran: Buggies sind sowieso nur was für Philister und andere Spießer." Sven atmete tief durch und folgte Hofer in den Wohnwagen, um den Deal abzuschließen.

Als sie mit dem VW-Bus zum Pfahlbau kamen, wurden sie dort schon sehnsüchtig von der hartnäckigen Schar ihrer Gläubiger erwartet. Sonja stürmte ihnen entgegen: Sie habe ja schon alles versucht, aber die Herrschaften ließen sich nun mal nicht so leicht abwimmeln. Sven und

**Die fetzige St. Peter Ording-Clique:
Martina, Julia, Timo, Iwana, Rocky, Boje, Sven, Sarah, Nik und Tjard.**

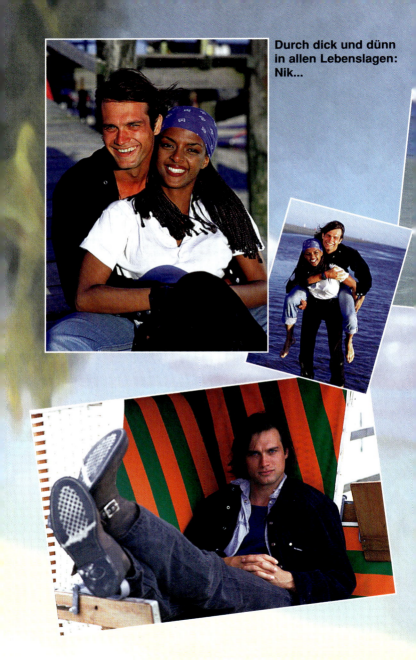

Durch dick und dünn in allen Lebenslagen: Nik...

...und Sven.

Starke Frauen...

...und süße Jungs.

Sommer, Sand und Surfen, Surfen, Surfen...

Nik, Sarah, Julia, Sven und die coolen Musiker von WORLDS APART.

Niklas lächelten unsicher. Die Gläubiger lachten nicht. Erst mal waren jetzt die vier Riesen fällig, und sie sollten mit Hilfe eines Taschenrechners in kleine, aber gerechte Portionen aufgeteilt werden. Während sie zurücklief, bemerkte Sonja, wie Nik ein Saxophon aus einem Koffer holte und zusammenbaute.
"Hab' ich zum letztenmal drauf gespielt, als ich 15 war und Liebeskummer hatte." Er setzte das Instrument an und blies, daß die Wände wackelten. Leicht gequält verzogen zwei Gläubiger das Gesicht.

Als sich auch die anderen Gläubiger verzogen hatten, selbstverständlich unter Mitnahme der Kohle, setzte Niklas das Saxophon ab. Und Sven winkte mit einem Zwanzigmarkschein, den er gerettet hatte.
Nik fand, daß das gerade noch für drei Pizzen reichte, die er umgehend aus Rockys Ristorante besorgen wollte.
"Laß dir ruhig Zeit", gab ihm Sven zu verstehen. "Wir zwei Hübschen hier müssen erst noch dein Saxophon so verstecken, daß du es nicht so schnell wiederfindest. Du vertreibst uns mit deinem Spiel ja alle Gläubiger."
Niklas drehte sich um: "Idiot!" Dann war er aus der Tür.
Sven und Sonja nutzten Niks Abwesenheit für neckische Spielchen und Kindereien, bis Sven Sonja – weniger jugendfrei – aufs Bett warf und küßte. Die beiden sahen sich lange an.
"Ich liebe dich", gestand Sven.
Wie vielen Vorgängerinnen er das schon erzählt habe, fragte Sonja.
Sven wurde feierlich: "Du wirst es nicht glauben, aber du bist die erste." Er lächelte: "Zumindest die erste, bei der

ich's ernst meine." Ihre Küsse wurden leidenschaftlicher.
Martina saß neben dem Telefon, das nervtötend klingelte. Sie hatte einen Karton mit Babysachen neben sich, Jäckchen und Bodies, und weinte Tränen der Verzweiflung. Alles in ihrem Körper hatte sich verkrampft. Wieder klingelte das Telefon. Martina hob immer noch nicht ab. Enttäuscht warf Rocky, der am anderen Ende war, den Hörer auf die Gabel. Er mußte gerade im Akkord Pizzaböden belegen. Das Ristorante war überfüllt und er allein. Was war nur mit Martina los? Als Niklas hereinkam, winkte er ihn gleich zu sich in die Küche und warf ihm eine Schürze zu.
"Was soll das, Rocky?" protestierte Nik. "Ich wollte Pizzas kaufen, nicht machen."
Rocky wies auf die zahlreiche Gästeschar in der Pizzeria. Und ausgerechnet heute sei er solo. Martina sei einfach nicht ans Telefon zu bimmeln. Niklas sah Rocky, der fertige Pizzas aus dem Ofen holte, verwundert an.
"Es ist ein Uhr mittags, in deinem Ristorante ist Hochbetrieb, du bist ein waschechter Italiener und willst mir erzählen, du weißt nicht, wo deine Frau steckt?!"
Rocky zuckte mit den Schultern und huschte mit den Diavoli und anderen Köstlichkeiten zu einem Tisch.
Als er zurückkam, kotzte er seinen ganzen Frust aus: Seit Martina glaubt, daß sie keine Kinder bekommen kann, verhalte sie sich wie eine Schnecke, die sich in ihr Haus zurückzog.
Auf einmal betrat Martina den Laden und ging, wie zum Beweis der Feststellung, wortlos an Rocky vorbei. Der hielt seine Frau am Arm fest und wollte zu zetern anfangen. Die Gäste sahen sich schon um, aber Martina ließ

das unbeeindruckt. Sie wirkte wie in Trance, schien nichts um sich herum wahrzunehmen.

Sonja und Sven hockten in einem Strandkorb und tauschten süße Zärtlichkeiten aus, als Niklas fünf Stunden später mit den Pizzas zurückkehrte. Er war total geschlaucht von der Akkordarbeit bei Rocky – und morgen in aller Herrgottsfrühe mußten sie beide auch noch auf den "Bau": malochen. Wie hieß es in der Bibel: Im Schweiße deines Angesichts ...

Ein Bagger lud Schlick auf einen Lkw. Drei Mann schaufelten im Schweiße ihres Angesichts. Der dritte Mann hieß Andersen, Niklas. Einer der beiden Kollegen ermahnte ihn, nicht einzuschlafen.
"Was wird mit dem Zeug eigentlich angestellt?" fragte Nik zurück. "Das ist kein Zeug, das ist Heilschlamm, du Banause", schnappte der Kollege. "Das wird zu Schlammbädern verarbeitet. Fürs Kurzentrum. Schließlich sind wir hier ein Heilbad, für den Fall, daß du es noch nicht mitgekriegt haben solltest." Nik schaufelte verdrossen weiter: Jetzt wußte er, wie man aus Scheiße Geld machte.

Sven, wohl doch nicht so schwindelfrei, wie er behauptet hatte, kletterte unterdessen auf einer Leiter auf das Dach eines großen friesischen Bauernhauses, eines Haubarg, auf der Schulter einen Werkzeugkasten. Oben angekommen, balancierte er am Rundholz entlang. Ein Kollege, der schon auf dem Dach war, wies ihn lautstark auf eine morsche Verstrebung hin – gerade noch rechtzeitig, sonst

wäre der erste Arbeitstag sicher ins Auge gegangen.
Am Nachmittag, während sich die ersten Surfer auf dem Wasser tummelten, rechneten sich Nik und Sven ihre Wehwehchen vor: Schmerzen im Kreuz, Blasen an den Händen. Und wer weiß, was für Leid sie morgen erwartete. Obwohl sie hundemüde waren, ließen sie sich nicht lumpen und taumelten doch noch in die Pizzeria, wo Sonja ihren Führerschein feierte. Siehst du, jetzt kann nichts mehr schiefgehen! beruhigte sie Sven. Dem fielen beinahe die Augen zu, und deswegen konnte er sich heute auch keine Sorgen mehr leisten. Die Zeche zahlte ohnehin Sonja. Später, vor dem Pfahlbau, ließ Sonja Sven endlich die Augen schließen – und tasten. Für einen Moment wieder hellwach, tastete er ihr sofort die Brüste ab. Sonja lachte und stieß ihn weg: "Nicht mich, das da!" Sven ertastete – ein Motorrad. Ja, das habe sie Rocky heute abend abgekauft. Bei dem stehe es sowieso nur herum, weil er so viel zu tun habe. Vielleicht sei das der Knackpunkt in seiner Beziehung. Sven kräuselte die Stirn. "Du weißt doch", klärte ihn Sonja auf. "Martina und er haben ihre erste große Ehekrise. Ich hab' heute abend versucht, mit ihr zu sprechen, aber sie hat kein vernünftiges Wort herausgebracht. Ganz einsilbig ist sie gewesen." Trotzdem, meinte Sven, wäre es ihm lieber, Rocky und nicht sie würde auf dem gefährlichen Ding herumfahren. Sonja lachte und versprach, immer schön vorsichtig zu fahren – und außerdem habe der Fahrlehrer ihr versichert, sie sei ein Naturtalent: "Na, Fury, wie wär's mit einem kleinen Ausritt?" Da half keine Entschuldigung: Sven, der auf einmal wieder voll präsent war, mußte mit rauf. "Ich wollte immer schon Motorrad

fahren", schrie sie ihrem Hintermann zu, als sie startete, und der Wind blies durch ihr Haar. "Weißt du, mein Vater hat mich immer mitgenommen. Vorne auf dem Tank. Weil er mich nicht hinten sitzen lassen wollte. Aus Angst, mich zu verlieren." Sven blieb skeptisch: "Als ich zum erstenmal auf einem Surfbrett stand, war ich nur unglücklich. Weil ich immer wieder ins Wasser gefallen bin. Das hier ist etwas anderes. Wenn du vom Motorrad fällst, brichst du dir sämtliche Knochen."
Als sie wieder am Pfahlbau angelangt waren, erzählte Sonja ganz beiläufig, daß sie übermorgen ihre Tante in St. Petersburg besuchen wolle. "Doch nicht etwa auf deinem heißen Ofen?!" Sven war entsetzt. "Worauf denn sonst?" lachte Sonja. "Dachtest du etwa, auf einem Heuwagen?" Sie wolle die alte Dame unbedingt noch mal sehen, in den Arm nehmen. Wer weiß, wie lange sie lebt. Sven seufzte: "Was soll ich nur zwei Wochen ohne dich machen?" Sonja tippte ihm auf die Nasenspitze: "An mich denken. Und jede Nacht um Punkt zwölf siehst du hinauf zum Polarstern. Dann denken wir ganz fest aneinander. Versprochen?" Sie rannte hinunter zum Meer, Sven hinterher. Im Wasser umarmten sie sich.

Niklas döste derweil an Martinas Schulter. Die war mit den Überresten einer Wodkaflasche beschäftigt. Rocky wollte sie ihr wegnehmen, aber Martina wehrte sich. Timo schlug vor, noch gemeinsam ins Power, die örtliche Disco, zu gehen. Der Vorschlag wurde mit großem Beifall angenommen, Rocky überstimmt. Schon halb betrunken, bewegte sich Martina wie eine Somnambule auf der Tanzfläche, wo sie von Jan, einem aufdringlich öligen

Typ mit Rudi-Völler-Frisur, angemacht wurde. Rocky wollte sie wegziehen, aber sie machte sich los und fiel dabei aufs Parkett. "Rühr mich – jupp – bloß nicht mehr an. Hast du – jupp – verstanden?!" krähte sie in der holprigen, vom Schluckauf unterbrochenen Diktion des Suffs. So benebelt war sie, daß sie ausgerechnet den Bock zum Gärtner machen wollte, indem sie Jan bat, sie nach Hause zu fahren. Rocky sah den beiden in ohnmächtiger Wut nach. Er wußte nicht mehr, was er tun sollte, war den Tränen nahe. "Was war denn das eben für ein Verrückter?" erkundigte sich Jan, als er der leicht Schwankenden in seinen Wagen half. "Ein Freund von dir?" Martina schüttelte heftig den Kopf: "Nee. Mit dem hab' ich nichts mehr am Hut. Der kann mir – jupp – gestohlen bleiben." Mit einem triumphierenden Grinsen schwang sich Jan hinters Lenkrad, fuhr aber noch nicht los, sondern Martina sogleich übers Knie, fummelte an ihr herum, wollte seine Zunge in ihren Schlund stecken. Aber sie wehrte sich. Erst leicht, dann heftiger. Drückte ihn weg. Irgendwie gelang es ihr auszusteigen: "Hau bloß ab, du Wichser!" Jan verzog kurz das Gesicht und ließ die Reifen quietschen. Martina blieb stehen, torkelte ein paar Schritte, knickte ein. Sie hatte sich einen Absatz gebrochen. Sie warf den Schuh weg und humpelte schluchzend davon. Um sechs Uhr früh, als der Radiowecker Sven und Nik recht unsanft aus dem Schlaf klingelte, merkten die beiden, daß auch Rocky bei ihnen genächtigt hatte, aber sie mußten los, konnten sich jetzt nicht um ihn kümmern.

Nachmittags, als die beiden von des Tages Müh und Last heimkehren, sprach Sonja sie auf das Problem an.

Martina habe ihr heute das Herz ausgeschüttet: Sie liebe Rocky, keine Frage, aber sie sei sicher, daß ihm als Italiener eine vollzählige Familie über alles gehe – und genau die könne sie ihm nicht garantieren. So sei ihre Ehe nichts Halbes und nichts Ganzes. Wie wäre es, wenn Nik mal mit Rocky sprechen würde: sozusagen von Mann zu Mann? Sie hatte sich da sogar etwas einfallen lassen und gab es Nik. Rocky hockte immer noch im Pfahlbau und hörte, den Plattenspieler auf voller Lautstärke, eine Arie von Caruso. Als der Gesang sich dem Ende neigte, ging Nik auf ihn zu, sah ihn an und drückte ihm Fotos von Kindern in die Hand: "Die sind von einer Organisation, die Patenschaften für Kinder in der Dritten Welt vermittelt. Für relativ wenig Geld im Monat kannst du sehr viel für so ein armes Kind tun. Es bekommt was zu essen, Kleidung, Schule." Rocky warf ihm einen mitleidheischenden Blick zu: "Warum kommst du damit zu mir?" Nik wurde verlegen: "Ich weiß nicht. Vielleicht, weil du mir erzählt hast, wie sehr du Kinder magst. Und daß Martina keine kriegen kann. Mit so einer Patenschaft adoptierst du quasi ein Kind, nur daß es in seiner Heimat bleibt." Rocky schaute sich die Bilder noch mal an, aber es hatte den Anschein, als könne er sich mit dem Gedanken einer Quasi-Adoption nicht anfreunden. Da kam, etwas schüchtern, Martina herein: Das mit dem Typen gestern abend tue ihr leid. Sie habe ihn nur eifersüchtig machen wollen. Das Eis war gebrochen. Rocky drückte sie ganz fest an sich: "Wenn ich es nicht schon vorher gewußt hätte, wäre es mir da klargeworden: Ich liebe dich, Martina. Mit Haut und Haar. So wie du bist. Umbringen können hätte ich diesen Fatzke." Martina war noch unsicher: "Aber du weißt doch, daß ich dir keine Kinder schenken kann." Rocky lächelte und hielt ihr die Fotos von den Kindern aus der Dritten Welt unter die Nase. Niedliche Gesichter waren darunter. Unter einem stand der Name Alfredo.

Draußen nahmen Sven und Sonja Abschied. Zum Abschied reichte sie ihrem kleinen Prinzen eine Rose.
Gleich morgens früh startete Sonja mit ihrem Motorrad. Sie fühlte sich sicher. Dachte an Petersburg und die Wiedersehensfreude. Sie war schon einige Zeit auf der Landstraße unterwegs. Plötzlich sah sie, hundert Meter vor sich, einen Schulbus halten. Ein paar Kinder überquerten die Straße. Auf einmal lief eines der Kleinen zurück. Sonja wollte ausweichen, geriet ins Schleudern, prallte mit dem Kopf gegen die Leitplanke. Hinter ihr bremste ein Lkw ab, nur wenige Zentimeter vor Sonja.

Niklas und seine Kollegen machten gerade Kaffeepause, als ein Krankenwagen mit Blaulicht vorbeiraste. Ihm folgte ein Abschleppwagen mit einem schrottreifen Motorrad, der auf einem Rastplatz in der Nähe hielt. Besorgt lief Nik hinüber, zog aus der aufgeplatzten Satteltasche des Motorrads eine Karte, auf der die Strecke St. Peter – St. Petersburg rot markiert war. Niklas war wie vom Schlag gerührt: "Sonja! Sven!"
Sofort warf er sich in seinen Bulli und fuhr zu Svens Arbeitsplatz. Der war mit seinen beiden Kollegen auf dem Dach des Haubarg beschäftigt. Niklas atmete tief durch, formte mit seinen Händen einen Trichter und bat Sven, sofort herunterzukommen.

Gemeinsam eilten sie zum Krankenhaus, wo sie bereits vom Rest der Clique erwartet wurden. Rocky wollte gehört haben, daß Sonja schon die ganze Zeit im OP war. Sie sei nicht bei Bewußtsein gewesen, als sie eingeliefert wurde, fügte Martina hinzu. Am liebsten wäre Sven gleich selber hinein, doch da öffnete sich die Tür, und ein Arzt kam heraus. Sven rannte zu ihm hinüber und stellte sich als Sonjas Freund vor. Der Arzt musterte ihn kurz und schlug den teilnahmslos wirkenden Tonfall der Mediziner an, erzählte von schweren Prellungen und Schürfwunden, aber was wirklich Anlaß zu Sorge gebe, sei eine Schädelfraktur. Er könne zwar nichts versprechen, aber nach menschlichem Ermessen würde sie durchkommen, wenn, ja wenn keine weiteren Komplikationen einträten. Sven fiel ein Stein vom Herzen. Allgemeines Aufatmen auch bei der Clique.
Trotzdem wartete man weiter. Nicht einer ging. Auch Westermann und Christine waren erschienen. Sie sahen Sven auf- und abtigern. Es war schon kurz nach Mitternacht, da tauchte eine Krankenschwester auf und erlaubte Sven, Sonja zu besuchen, aber höchstens fünf Minuten.

Der Raum wurde von einer sanften Lichtquelle schwach erleuchtet. Unter ihren Verbänden sah Sonja klein und verletzlich aus. Sven ging auf das Bett zu, drückte ihr leicht die Hand: "Hallo, kleine Prinzessin." Sonja öffnete die Augen, flüsterte – kaum hörbar: "Hallo, kleiner Prinz. Verzeihst du mir?" Sven kämpfte mit den Tränen: "Was soll ich dir denn verzeihen, meine kleine Prinzessin? Es gibt nichts zu verzeihen. Sieh nur zu, daß du so schnell wie möglich wieder gesund wirst. Versprichst du mir das?" Zum Zeichen des Versprechens schloß Sonja die Augen. Sven erzählte, wer alles draußen war. Sonja bat ihn, die Clique zu grüßen und ihr zu danken, aber jetzt sollten sie alle nach Hause. Und er solle ihn nicht vergessen, den Polarstern: "Immer, wenn du zu ihm hinaufsiehst, denkst du an mich. Und ich denk' in dem Moment an dich." Sacht drückte ihr Sven einen Gutenachtkuß auf den Mund. Sonja hob die Hand leicht zum Gruß.

Die anderen gingen, sichtlich erleichtert. Nur Sven blieb und wartete weiter im Flur. Es war kurz nach zwei. Sven war auf der Bank eingenickt. Plötzlich wurde er unsanft von Geräuschen geweckt. Zwei Pfleger schoben Sonjas Bett zurück in den OP-Bereich. Schwestern und Ärzte folgten im Eilschritt. Sven hielt eine Schwester an und erfuhr, daß eine Notoperation durchgeführt werden mußte, wegen eines Blutgerinsels. Svens Herz drohte zu zerbrechen: Warum verschluckte der Erdboden nicht ihn – und ließ sie am Leben?! Er mußte an ihr erstes Treffen denken – und das Lächeln, das ihn gewonnen und ihm die Sinne gewärmt hatte.

Nach einer Weile kehrte einer der Ärzte aus dem OP zurück, nahm seine Maske ab und atmete tief ein. Instinktiv fühlte Sven, daß sein Polarstern erloschen war: "Ist sie…tot?" Der Arzt nickte bedächtig: "Wir haben getan, was wir konnten." Ganz ruhig, mechanisch wie ein Zombie, schritt Sven ins Freie. Dicke Tränen kullerten über seine Wangen, als er hinauf zum Polarstern blickte.

Als Westermann von Sonjas Tod erfuhr, war er sehr besorgt um seinen Sohn, der nicht aufzufinden war. Niklas vermutete, sein Freund habe sich ein Surfbrett geschnappt und sei hinauf aufs Meer: "Wer weiß, was jetzt in ihm vorgeht." Er öffnete den Container, aber kein Board und kein Rigg fehlten. Plötzlich durchzuckte Nik ein anderer Gedanke. In Westermanns Auto fuhren sie zum Haubarg – und tatsächlich, ganz oben auf dem Dach hockte Sven und starrte in Richtung Norden. In der Hand hielt er die Rose, die Sonja ihm zum Abschied geschenkt hatte.

Nik wollte gleich zu ihm hinauf, aber Westermann meinte, das hier sei seine Angelegenheit. Vorsichtig kletterte er nach oben: "Komm, Sven. Sei vernünftig. Komm her und steig' mit mir runter." Aber Sven weigerte sich. Als sein Vater näher kam, wich Sven automatisch zurück, auf die brüchige Stelle zu. Da tauchte Nik auf, der Westermann hinterhergeklettert war: "Sven, hör mir zu: Du bist für deine Rose verantwortlich. Zeitlebens bist du für das verantwortlich, was du dir vertraut gemacht hast. Du bist für deine Rose verantwortlich. Und deine Rose hätte gewollt, daß du weiterlebst."

Man merkte, wie in Sven zwei Mächte rangen. Endlich gab er sich einen Ruck und balancierte zu Freund und Vater hinüber. Er wollte weiterleben. Für Sonja. Um ihres Andenkens willen. Die drei umarmten sich in bedrohlicher Höhe.

8
Die Große Welle

Es regnete Bindfäden. Eine Stimmung wie Totensonntag. Sven saß an seinem Schreibtisch und starrte gedankenverloren zum Fenster des Pfahlbaus hinaus. Nik vesuchte ihn aufzuheitern und hielt ihm ein Formular unter die Nase: "Willst du dich nicht auch für das Rennen in drei Wochen anmelden? Du weißt doch: Sylt." Sven sah ihn verständnislos an. Nik ließ das Formular sinken: "Das Scheißwetter kann einen wirklich depressiv machen. Hey, was hältst du davon, wenn wir uns ein Weilchen absetzen?" "Absetzen? Wie meinst du das?" forschte Sven, und Niklas witterte eine Chance: "Ja, irgendwohin, wo die Sonne scheint, wo wir heißen Sand unter den Füßen haben. Und wo wir die Große Welle reiten können." Sven verstand: "Ich hab' den Reiseprospekt neben deinem Bett gesehen. Du willst doch schon die ganze Zeit wieder nach Maui, stimmt's? Und vor allem zu deiner Sarah ..." Er merkte, wie Niks Augen glänzten, als würde sie ein Sonnenstrahl treffen. Und mußte an Sonja denken. An Sonja und den Polarstern. Vielleicht war es wirklich das Beste, einen kleinen Tapetenwechsel vorzunehmen.

Sven drehte die Brettunterseite nach oben und sprang einen Upside-down, der die Sonne zu berühren schien. Tatsächlich hatte Maui seine Seele aus finstersten Tiefen geholt. Er war Nik für den guten Rat dankbar. Die beiden hatten sich eine Miethütte in Spreckelsville genommen, saßen am Abend in ihren Liegestühlen und genossen den prächtigen Sonnenuntergang. Niklas stieß mit seinem Freund an und nahm einen Schluck aus der Bierpulle: "So macht das Leben wieder Spaß, was?" Sven mußte seinem Freund recht geben: "Sich bei Nacht und Nebel aus St. Peter zu stehlen war die beste Idee, die du seit langem gehabt hast.Weißt du, ich habe mir gedacht, eigentlich könnten wir von hier aus unsere Geschäfte führen, oder?" "Und dann einmal im Jahr rüber nach St. Peter", schmunzelte Nik, "und eine Party für die Clique schmeißen." Ein Schatten huschte über Svens Gesicht: "Aber zu niemandem ein Wort über Sonja, ja? Sie fehlt mir so, Nik. Die Wunde bleibt in meinem Herzen. Aber ich will, daß du weißt, wie froh ich bin, dich zum Freund zu haben." Mehr als Freunde, versicherte Niklas: "Wir sind Brüder, vergiß das nicht. Ich werde immer für dich dasein."

Eine Gruppe Radfahrer näherte sich der Zuckerfabrik. Ein Schild warnte vor Lkws. Die Gruppe bremste. Nur Sven trat in die Pedale und schoß lebensmüde an den anderen vorbei. Ein Fahrer steuerte gerade seinen riesigen Truck auf die Straße. Sven wollte ihm ausweichen und stürzte in einen Graben. "Verdammter Idiot!" Aufgebracht sprang der Fahrer aus dem Führerhaus. "Hast du nicht gehört, daß ich gehupt habe?!" Da erkannte er den Radfahrer: "Der Haole, ich halt's im Kopf nicht aus." Niklas radelte zu den beiden hinüber: Es war Eric, der sich besorgt fragte, ob die beiden wieder einmal die Insel verunsichern wollten. "Keine Angst", beruhigte ihn Nik. "Spätestens in drei Wochen sind wir wieder weg. Dann ist nämlich auf

Sylt ein Rennen, das ohne uns nicht stattfinden kann." Da kämen sie wie gerufen, überlegte Eric, der den Beinahe-Zusammenstoß fast vergessen hat. Im Moment sei hier Big Surf angesagt: "Das sind die höchsten und besten Wellen der Welt. Wahre Monster. Wenn du stürzt, ziehen sie dich runter, dreißig Meter in die Tiefe. Und wenn du Pech hast, geht dir die Luft aus, bevor du wieder hochkommen kannst. Also ideale Trainingsbedingungen, genau das Richtige für zwei Selbstmörder wie euch. Wer sowas heil übersteht, für den ist Sylt oder wie das Nest heißt ein Klacks." Vor drei Jahren habe es dabei einen guten Freund erwischt, seufzte er: "Seitdem reite ich jedes Jahr die Große Welle für ihn. So, ich muß jetzt los. Hab' Sarah versprochen, daß ich ihr beim Umbau helfe." Sarah! Bei der bloßen Erwähnung ihres Namens begannen Niks Augen zu leuchten. Na, da könnten sie doch vielleicht mithelfen, meinte er und stieß Sven jovial mit dem Ellbogen an.

In Sarahs Hütte wurde eifrig gehämmert. Auf dem Dach werkelte eine attraktive Zwanzigjährige, aber es war nicht Sarah. Eric grüßte sie und stellte vor: "Das ist Nicole." Sarah strich gerade die Veranda und hatte einen Walkman auf. Als Niklas ihr auf die Schulter tippte, zuckte sie unwillkürlich zusammen: "Das darf doch nicht wahr sein! Niklas! Sven! Nik!!" "Du machst dich gut als Anstreicherin", stichelte Nik."Wird ja ein richtiges Schmuckstück. Wenn du damit fertig bist, hätten wir auch noch eine Hütte zu streichen: in St. Peter." Sarah lachte: Sie wolle mit einer Freundin zusammenziehen – und da hätten sie beide gedacht, wenn schon, denn schon. Übrigens – sie zwinkerte Sven zu – arbeite Nicole in einer Werbeagentur. "Wie wär's, wenn du die beiden als Hilfssklaven an Bord nimmst?" schlug Eric vor. Sarah betrachtete sie mit skeptischer Miene: "Sehen etwas unterernährt aus, aber probieren kann man's mit ihnen ja mal." Niklas verbeugte sich tief: "Wir gute Arbeiter, Missi." Als er sich wieder aufrichtete, drückte ihm Sarah gleich einen Pinsel in die Hand: "Zur Belohnung gibt's ein Mittagessen." Die beiden konnten ihr Glück nicht fassen.

Während sie strichen, war Sarah voll des Lobes über Eric: Der sei ein richtiger Kumpel geworden. Keinerlei Anflug von Eifersucht mehr. Müsse wohl an Nicole liegen. Seit ein paar Tagen gingen die beiden öfters miteinander aus. "Scheint ja 'ne richtig romantische Beziehung zu werden", witzelte Nik. Sarah lachte: "Ja, wie zwischen 'ner Dynamitstange und 'nem Streichholz. Die beiden sind wie HB-Männchen und HB-Weibchen: Nicole geht manchmal schneller in die Luft als Eric." Sie öffnete einen frischen Farbeimer und rührte mit einem Stock die Farbe auf. Niklas beobachtete sie aufmerksam: "Als ich das letzte Mal hier war, hast du gesagt, du müßtest erst herausfinden, was du willst." Sarah zog den Stock aus dem Eimer: "Ich weiß es immer noch nicht." Die beiden schauten sich lange an. Er habe sie vermißt, gestand Nik. Sarah senkte den Kopf, dann gab auch sie zu, daß er ihr gefehlt hatte.

Auf einem Klapptisch warteten Sandwiches und kühle Getränke auf die fleißigen Malermeister. Hätte er nie gedacht, daß Frauen sowas können, lobte Eric, der sich

die Finger nicht schmutzig machen wollte, den Fortschritt der Arbeit.
"Du lebst ja auch in einem stinkenden Macho-Käfig", frotzelte Nicole. "Und darunter steht: Aussterbendes Chauvi-Exemplar. Bitte nur mit Vorurteilen füttern."
"Haha! Ungeheuer komisch!" Eric war sichtlich beleidigt, daß Nicole so wenig Respekt vor seiner unerhört kostbaren Mannesehre hatte. Nicoles Hirn und Mundwerk arbeiteten offensichtlich pausenlos: "Alles, was ich höre, setz' ich sofort in einen Slogan um."
Sven und Nicole lächelten sich an. Offensichtlich fand das Mädchen Gefallen an dem großen Blonden; sie schlug ihm vor, gemeinsam loszuziehen und die Insel zu erforschen. "Ich kenn' da ein paar Stellen auf der Insel, weißt du, die haben bestimmt nur wenige gesehen." Sie sah Sven herausfordernd an. Der war sogleich Feuer und Flamme. Plump versuchte Eric zu löschen: "Laß gut sein, Nicole. Sven kennt die Insel schon." "Niemand kennt die Insel", schnappte Nicole und hauchte Sven ins Gesicht: "Hast du schon mal vom Haleakala aus den Sonnenaufgang beobachtet?"

Als sie im Mietwagen wieder zu ihrer Hütte fuhren, spielte Nik plötzlich den Besorgten: "Daß du dir mal ja nicht die Finger verbrennst!" Sven reagierte leicht gereizt: "Wer von uns beiden hat denn vorgeschlagen, hierherzukommen und etwas Spaß zu haben, du oder ich?" Ich dachte da eher an Windsurfen", erklärte Nik. "Ich will doch nur, daß du keinen Unsinn machst. Hab' doch gesehen, wie du gestrahlt hast, als du mit ihr gesprochen hast."
"Also gut", knurrte Sven. "Ich versprech' dir, daß ich

mich von Nicole nicht zu irgendwelchem Unsinn verführen lasse. Zufrieden?" Niklas schaute ihn mißtrauisch von der Seite an. "Hey", maulte Sven, "was willst du, Bruder, eine Unterschrift unter einer Verzichtserklärung? Reicht dir mein Wort nicht mehr?" Vor ihnen erhob sich unheilvoll der Vulkan Haleakala.
Auch Sarah schien etwas besorgt. An Sven werde sie sich die Zähne ausbeißen, warnte sie Nicole vor dem Ausflug. Der sei nämlich unsterblich verliebt. Für Nicoles Ohren klang das natürlich alles andere als abschreckend: eine Herausforderung ihrer weiblichen Reize. Wollen doch mal sehen, ob ich den nicht kleinkriege! Was sie eigentlich von Niklas halte, wechselte Sarah das Thema. Nicole mußte nicht lange überlegen: "Der? Der ist mir zu anständig, zu brav." Sven dagegen, ja, Sven habe eine dunkle Seite, etwas Geheimnisvolles laste auf seiner Seele, das sie unbedingt ergründen wolle: "Du weißt doch, wie neugierig ich bin." Sarah schüttelte den Kopf: "Auf Dauer wär' mir so 'ne dunkle Seite zu anstrengend." Nicole legte den ersten Gang ihrer Geländemaschine ein: "Deswegen sind wir auch so gute Freundinnen. Weil wir unterschiedliche Geschmäcker haben. Bis morgen nachmittag." Sarah schaute ihr nachdenklich nach.

Später am Haleakala. Nicole und Sven saßen zusammen am Rand des Abgrunds. Beide hatten sie dicke Jacken an und beobachteten den Horizont. Nicole schielte zu Sven hinüber. Er war sehr schweigsam. Sanft fuhr sie mit der Hand über seine Wange. Sven schloß die Augen. Ihre Lippen berührten sich, doch da, mit einemmal, schreckte er zurück, als hätte er einen elektrischen Schlag bekommen. "Tut mir leid, ich...ich kann nicht", stotterte er. "Wieso denn nicht?" Man sah Nicole die Enttäuschung an: "Wir haben den schönsten Sonnenaufgang der Welt. Keine Menschenseele weit und breit. Und deine Freundin, die ist auf der anderen Seite der Welt und weiß von nichts. Wo also liegt das Problem?" "Sie ist nicht auf der anderen Seite der Welt." Sven tippte sich aufs Herz. "Sie ist da drin." Nicole seufzte: "Du bist wirklich unsterblich verliebt, stimmt's?" Sven sah sie aufmerksam an und nickte langsam: "Stimmt." Ob sie surfe, versuchte er ein anderes Thema anzuschneiden. Manchmal, antwortete sie, aber ohne rechte Begeisterung. "Hast du heute Lust?" fragte er. Nicole tat unentschieden: "Weiß nicht. Der Surfbericht sagt Big Surf vorher." "Was?!" Sven vernahm es mit Begeisterung. "Die Monsterwellen? Ist doch optimal!" Er halte sich wohl für einen unschlagbaren Topsurfer, versuchte Nicole ihn aufzuziehen. "Ich bin ein Topsurfer", kam Svens verbale Retourkutsche. "Bei Wellen unter zwanzig Meter fang' ich gar nicht erst an." Nicole verzog den Mund: "Aber beschwer' dich nachher nicht bei mir, wenn du absäufst."

Niklas half Sarah inzwischen beim Unkrautjäten: "Willst du eigentlich für immer auf Maui bleiben? Was sagen deine Eltern dazu?" Sarah sah zu ihm auf: "Nichts. Meine Alten und ich, wir haben uns überworfen. Ich wollte nicht in ihr Etepetete-Boutiquengeschäft einsteigen. Und da haben sie mir das Konto gesperrt." Ging es ihr also auch nicht besser als ihm und Sven. Sie hatten zwar ein Konto, aber da war nichts drauf. Ob sie einen Job habe, bohrte Nik weiter. Nun, dreimal die Woche arbeite sie in einer

Gärtnerei – und dann helfe sie noch in einem CafÈ aus: "Nicole und ich wollen eine Baumschule aufmachen und uns auf Bonsai spezialisieren." Da kam Eric um die Ecke und nörgelte scherzhaft: "Nennt ihr das etwa Arbeit?" Eigentlich wolle er ja nur nach Nicole sehen, gut, werde er sie eben suchen fahren. Mit einem flüchtigen Blick auf Sarah lächelte er Nik an: "Soll ich mir Zeit lassen, Haole?" Was das sei, ein Haole, fragte der, als Eric weg war. "Das sind die Fremden", erklärte Sarah. "Die nicht von der Insel kommen. Es gibt gute Haoles – und es gibt schlechte." Nik tauchte mit seinen Blicken tief in ihre Augen: "Und was bin ich, Kleines?" Sie küßten sich.

Inzwischen hatte Eric die Maschine von Nicole gesichtet und parkte gleich daneben am Strand. Als er sah, wieviel Spaß sie und Sven draußen auf dem Wasser hatten, verfinsterte sich seine Miene. Er setzte sich auf die Motorhaube seines Pick-up und zündete sich eine Zigarette an. "Wie ich sehe", begrüßte er die beiden düster, als sie aus dem Wasser hopsten, "habt ihr euren Ausflug überlebt. War's schön?" Als die beiden ihm begeistert erzählen wollten, ließ er die Bombe seiner verletzten Gefühle platzen: Er sei ein verdammter Idiot gewesen, einem Mädchen nachzulaufen, das mit jedem gehe. "Nun mach aber mal halblang", brüllte Nicole zurück. "Ich bin doch nicht deine Leibeigene. Noch bestimme ich über mein Leben." "Du bist auch nichts anderes als ein Spielzeug für sie." Eric schnippte seine Zigarette weg und baute sich drohend vor Sven auf: "Ich seh' doch, daß du wie ein Hündchen hechelst und sabberst, wenn sie nach dir pfeift. Denkst wahrscheinlich die

ganze Zeit nur daran, wie du deinen Schwanz in ihre ..."
Sven placierte als Antwort eine harte Rechte, und Eric
ging wie ein Mehlsack zu Boden: "Wenn du mehr willst,
mußt du es nur sagen." Ächzend rappelte sich Eric auf:
"Wenn du mich noch einmal anfaßt, bring' ich dich um."
Wütend brauste er ab. Triumphierend schwang sich Sven
auf Nicoles Maschine und fühlte sich wieder an Sonja
erinnert: "Ich fahr'. Ist doch okay, oder?" Als sie hinten
aufsaß, startete er durch, daß das Vorderrad abhob. Tod
oder Leben, jetzt war ihm alles gleich. Mit einemmal
ängstlich, klammerte sich Nicole an ihn. Sven raste Eric
hinterher, und als er ihn eingeholt hatte, forderte er den
Rivalen zu einem Rennen heraus. Aber Eric wollte nicht.
Plötzlich kam ihnen ein Truck entgegen. Eric hielt den
Pick-up so weit rechts wie möglich, aber Sven wich nicht
von seiner Seite. "Fahr endlich, du Spinner!" brüllte er zu
der Geländemaschine hinüber. Der Truck war breit, zu
breit, um zwei durchzulassen. Sven fuhr weiter neben
Eric her. "Sven! Verdammt!" Nicole kreischte um ihr
Leben. "Du bringst uns um!" Da gab Eric nach:
"Scheiße!" und ließ Sven vorbeiziehen. Hupend raste der
Truck an Erics Wagen vorbei, während Sven um die
nächste Kurve verschwand.

Als sie bei Sarahs Hütte angelangt waren, stellte Nicole,
der immer noch die Angst in den Gliedern saß, Sven zur
Rede: "Du hast echt ein Problem. Du machst mir Angst,
du Scheißkerl." Aber Sven schien das nur zu amüsieren:
"Ich denke, du bist eine Abenteurerin." "Trotzdem kann
ich's nicht leiden", fauchte Nicole, "wenn jemand den
Irren spielt und mich umbringen will." Mit quietschen-

den Reifen hielt Erics Pick-up vor der Hütte. Eric sprang heraus und lief zu Nicole: "Bist du okay, Baby?" Nicole nickte. "Du hättest uns alle umbringen können", bellte Eric Sven an und riß ihn von der Maschine herunter. Sarah und Niklas hatten große Mühe, die beiden zu trennen: "Könnt ihr mal sagen, was hier eigentlich los ist?" Aber Sven hörte nicht hin und wollte gehen. "Du bist ein Riesenarschloch!" brüllte ihm Nicole gekränkt nach. "Mich wundert nur, daß es ein Mädchen gibt, das so einen wie dich erträgt. Aber wahrscheinlich ist deine Tussi genauso bescheuert wie du." Das hätte Nicole nicht sagen dürfen. Aufgebracht – seine Augen blitzten – drehte sich Sven um: "Du hast ja überhaupt keine Ahnung. Du hast nicht einen Hauch von Sonjas Power. Niemand von euch hat das. Niemand." Ein Wort gab das andere. Dann solle er mal so schnell wie möglich zu seiner Sonja zurück, bevor er Entzugserscheinungen bekomme, keifte Nicole gekränkt. Sven wollte auf sie losgehen, aber Eric schob sich schützend vor sie, und Niklas hielt Sven zurück: "Laß gut sein, Sven. Sie weiß ja nicht, was sie redet." Sven riß sich los, stapfte wütend davon.

Sarah und Nik saßen vor der Hütte in einer Hollywoodschaukel. Er erzählte ihr von Sonjas tragischem Tod. Sarah schwieg einen Moment, dann sah sie ihm direkt in die Augen: "Was hältst du davon, wenn ich mit euch komme?" Nik war überrascht: "Du meinst: nach Deutschland?" Er mochte sein Glück nicht fassen. "Ich habe schon lange niemand mehr getroffen, bei dem ich mich so geborgen gefühlt habe", flüsterte Sarah. "Ich muß ständig an dich denken." "Soll das heißen, du weißt, was du willst?" fragte Nik. "Ich glaub', ich hab' es immer gewußt", schmiegte sich Sarah, liebebedürftig wie ein schwarzes Kätzchen, an ihn. "Ich hab' mich nach der schlechten Erfahrung mit Eric nur nicht getraut, auf meine Gefühle zu hören." Sie küßten sich und ignorierten die dunklen Wolken, die am Horizont aufzogen.

Sven stand am Rand einer Klippe. Es hatte zu stürmen begonnen. Zwanzig Meter unter ihm peitschte heftiger Wind das Wasser auf. Ja, genauso wie dort unten war ihm zumute. Er machte einen Schritt nach vorn. Aber dann mußte er wieder an Sonja denken und wie er auf dem Haubarg gestanden war und beinahe runtergestürzt wäre. Weinend fiel er auf die Knie. Klein wirkte er und schwach. Regen durchnäßte seine Haut.

Pfützen waren als sichtbare Zeichen des Unwetters geblieben. Es wehte ein leichter Wind. Niklas, der eine wunderbare Nacht mit Sarah verbracht hatte, kehrte am nächsten Morgen aufgelöst in die Miethütte zurück, um Sven von ihrem gemeinsamen Entschluß zu berichten. Doch drinnen fand er das ganze Mobiliar verwüstet. Besorgt fuhr er zum Strand hinunter, doch sein Freund war nicht unter den ersten Surfern des Morgens.

Ein Kran belud Erics Truck mit verbranntem Zuckerrohr, als Niklas kam und ihm erzählte, Sven sei verschwunden. Eric schien die Neuigkeit nicht weiter zu beunruhigen, im Gegenteil: "Ist vielleicht das beste, was er tun konnte. Nach allem, was er Nicole angetan hat, werd' ich für den Vogel doch keinen Finger mehr rühren." Doch Niks flehendem Blick konnte er nicht lange widerstehen. Er stieg in sein Führerhaus und versprach, sich mal umzuhören: "Ich mach' das aber nur, weil er dein Freund ist."

Sarah hatte inzwischen mit Nicole gesprochen: "Sie sagt, sie hätte Sven heut' früh angerufen und sich für alles entschuldigt. Er sei ganz ruhig gewesen, meint sie." Aber Nik blieb unruhig. Er spürte, daß Sven eine Dummheit vorhatte und in Gefahr war: irgendwo da draußen, auf dem Meer: "In der Verfassung, in der er ist, trau' ich ihm jetzt alles zu." Das Telefon klingelte. Sarah ging ins Haus. Plötzlich fiel es Nik wie Schuppen von den Augen: "Scheiße. Big Surf." Sarah bestätigte seinen Verdacht: "Das war Eric. Ein Freund von ihm, ein Taxifahrer, hat Sven zu 'nem Spot gebracht, wo die gefährlichsten Wellen sind." Niklas haute mit der Faust in die Handfläche: "Dieser Idiot. Er will die Große Welle reiten. Ich bring' ihn um, wenn er das tut."

Sarahs Pick-up kroch hinter einem altersschwachen Truck die enge Straße hinunter. Es herrschte ziemlicher Gegenverkehr. Sarah scherte aus, um zu überholen, aber ein entgegenkommendes Fahrzeug verhinderte dies. Sara wich ihm aus, trat dann wieder aufs Gas und überholte den Truck in einem gefährlichen Manöver. Mit der linken Seite pflügte sie durch den Straßengraben. Schlingernd kam sie wieder auf die Straße. Endlich erreichten sie den angegebenen Spot. Niklas sprang aus dem Wagen. Er hatte Sven schon da draußen auf dem Wasser entdeckt, wie er auf die Große Welle wartete. Sarah schlug vor, die Küstenwacht zu verständigen.

"Mach du das", schrie ihr Nik zu, schnappte sich ihr Brett vom Pick-up und rannte hinunter. "Und wenn du dir das Genick brichst", rief ihm Sarah nach, "bring' ich dich um."

Sven, der Schwierigkeiten hatte, sich vom Wind nicht das Segel aus den Händen reißen zu lassen, wollte auf die nächste Welle zusteuern, da kreuzte Nik seine Route. Aber schon hatte sie die Welle erreicht. Nik hatte Probleme, sie zu meistern. Sarahs Brett war zu leicht für ihn; er wurde ein Stück abgetrieben. Als er sich wieder aufgerappelt hatte, deutete Sven zum Strand. Niklas lächelte, sichtlich erleichtert, aber da türmte sich schon die nächste Welle auf, wie ein Ungetüm: Sven konnte sie umgehen, aber Nik wurde mitgerissen. Der Gabelbaum schlug ihm ins Gesicht. Er stürzte. Wirbelte nach unten. Wurde den Grund entlanggezogen. Prallte gegen einen Felsen. Schon war Sven an der Stelle, wo Nik untergetaucht war. Endlich kam der wieder nach oben, aber eine andere Welle riß ihn weiter mit sich. Sven schoß mit seinem Brett hinterher. Bewußtlos trieb Nik an der Wasseroberfläche. Und schon rollte eine weitere Welle auf sie zu. Sven schlang sich ein Seil seines Brettes ums linke Handgelenk, ließ sich vom Board fallen und bekam Nik mit der Rechten zu fassen. Die Welle riß das Brett mit sich. Die beiden Freunde verschwanden unter dem weißen Schaum. Prustend tauchte Sven wieder auf; er hatte Nik nicht losgelassen. Die nächste Welle spülte sie in Richtung Strand. Sven prallte gegen einen Felsen. Sein Gesicht war schmerzverzerrt. Er ließ das Brett los. Zerrte Niklas zum Strand. Schleifte ihn in Sicherheit.

Niklas gab kein Lebenszeichen. Er hatte eine Platzwunde an der Stirn. Sven versuchte es mit Mund-zu-Mund-Beatmung: "Nun komm schon, du verdammter, sturer Arsch! Du wirst mich doch jetzt nicht alleine lassen?! Atme, atmen sollst du, sag' ich!" Keine Reaktion. Sven machte unbeirrt weiter. In verzweifelter Wut gegen das Schicksal kämpfend, gab er dem Freund eine Ohrfeige. Auf einmal hörte er Nik stöhnen. Sven schöpfte Hoffnung und versuchte es noch einmal mit Mund-zu-Mund-Beatmung. Niklas begann zu husten. Glücklich lächelte Sven und nahm Nik in die Arme wie ein Baby: "Ganz ruhig, Alter. Ganz ruhig. Du hast es geschafft. Ja, du hast es geschafft." Er weinte.

Erics Pick-up hielt vor dem Krankenhaus. Er und Nicole stiegen aus. Nik lag mit bandagiertem Kopf im Bett und ließ sich von Sarah mit Müsli füttern. Nicole reichte ihm ein Geschenk: "Zur Erinnerung an Maui." Nik schob das Tablett beiseite, riß das Geschenkpapier auf. Es war ein T-Shirt mit der Aufschrift Survivor of the Big Surf! Niklas freute sich: "Genau, was ich mir immer gewünscht habe." "Und falls es deine Clique nicht glaubt", versicherte Eric, "du hast meine Telefonnummer. Ich bestätige es gern jedem Anrufer." "Das mach' ich schon", meldete sich Sven im Hintergrund. "Hi, Bruderherz. Wie geht's, wie steht's?" "Prima, primissima", feixte Nik, "Nur nach deinen Küssen war mir ein bißchen übel." Sie müssen lachen. Sven sah Nicole und Eric an, wollte sich entschuldigen. "Vergiß es", meinte Nicole. "Aber eins muß dir der blanke Neid lassen. Deine Stunts sind halsbrecherischer als meine. Du kannst froh sein, einen Freund wie Nik zu haben."

Ein Bulli fuhr über den Strand: Aloha, St. Peter-Ording. Zur Begrüßung regnete es wieder Bindfäden. Sarah ließ sich von dem Sauwetter jedoch die gute Stimmung nicht vermiesen: "Was haltet ihr davon, wenn wir heute abend 'ne Party schmeißen?" schlug sie Nik und Sven vor. Die beiden strahlten.

9

Das Angebot

Diese Woche wollte Christine den vollen Komfort des Sporthotels genießen. Westermann verwöhnte sie nach Strich und Faden und mit Frühstück total am Bett, allein schon um ihr zu demonstrieren, wie popelig ihr eigenes Unternehmen sei. "Sollte ich vielleicht doch den richtigen Mann geheiratet haben?" Christine wägte gewisse Vorzüge ab. Doch da waren noch die Sorgen, die das junge Eheglück der beiden Älteren überschatteten, Sorgen der beiden Söhne wegen. Zwar war Sven, so hatte es den Anschein, nach Sonjas Tod über dem Berg, aber ihre berufliche Zukunft hatten die Herren Söhne noch immer nicht im Kopf, geschweige denn im Griff. Westermann versprach seiner Frau, die Angelegenheit selbst in die Hand zu nehmen.

Mit einem Kriegsschrei stürzte sich Sven in die Fluten. Dabei kollidierte er um ein Haar mit einem Motorboot, das Tjard steuerte und das einen Paraglider im Schlepptau hatte: "Scheiße!" Langsam schwebte der Paraglider übers Wasser und entpuppte sich als Mädchen. "Kein schlechter Auftritt", staunte Sven und schwamm zu der Kleinen hinüber. "Kann ich dir irgendwie helfen?"
"Sehe ich so aus, als ob ich Hilfe brauche?" fertigte sie ihn ab.
"Sag' mal", sprach Sven Tjard an, als er wieder am Strand

war, "wer war denn die Wahnsinnsfliegerin?" Tjard grinste geheimnisvoll: "Wirst du noch früh genug erfahren." Sarah, die schwarze Maui-Perle, hatte sich längst in die Herzen der Clique gesurft. Timo, im Flüsterton, wollte unbedingt von ihr wissen, wie die Girls auf Hawaii aussehen. "Du wirst es nicht glauben", klärte ihn Sarah, laut werdend, auf. "Bei uns haben die Mädchen zwei Köpfe, drei Hände und vier Beine, auf denen sie so gierigen Grapschern wie dir ganz schnell entkommen können." Die anderen schlugen sich vor Lachen auf die Schenkel. "Blöde Fischköppe, alle miteinander!" maulte Timo.

Nur Sven stand abseits. Er hatte ein Foto herausgezogen und betrachtete es lange: Sonja. Da gesellte sich Martina zu ihm und hielt ihm ein anderes Bild unter die Nase: "Das ist er. Alfredo. Unser Adoptivkind. Aus Botswana. Er hat uns schon zwei Briefe geschrieben. Die muß ich dir unbedingt zeigen." Sven zeigte jedoch keine Gemütsregung. Nur Sarah schaute interessiert hin, bis Nik kam und sie bei der Hand nahm.
"Ich weiß nicht, ich bin auf einmal so müde. Muß der Jet-Lag sein."
"Seit wann dauert ein Jet-Lag über eine Woche?" wunderte sich Timo lautstark.

Nachdenklich zog Niklas im Pfahlbau eine Spieluhr auf und hörte der Melodie zu. Sarah haute ihm spielerisch ein Kissen über den Kopf. Nik wirkte plötzlich abwesend. Er denke über seine sportliche Zukunft nach, erklärte er ihr: "Ich hab' zuviel Larifari gemacht im letzten Jahr. Ich muß wieder intensiver trainieren. Nur – woher die Kohle neh-

men und nicht stehlen?" Er griff sich sein Saxophon, aber Sarah nahm es ihm weg: "Du willst doch jetzt nicht etwa spielen?! Da hab' ich eine viel bessere Idee…"
Der Frühstückstisch im Pfahlbau war gedeckt mit Bergen von Zeitungen. Sven, Niklas und Sarah studierten die jeweiligen Anzeigenteile. "Hier!" Sarah hatte etwas gefunden. "Team mit zupackenden Fähigkeiten gesucht. Hört sich doch easy an, oder?"

Am Nachmittag fanden sich die drei in einem völlig verwilderten Garten wieder. Nik hackte Holz. Sarah frischte ihre hawaiischen Kenntnisse als Anstreicherin auf. Sven quälte sich mit einem kleinen Handrasenmäher ab: "Ganz easy, was?" Da tauchte als rettender Engel Westermann am Zaun auf: "Falls ihr Lust auf einen Job habt, der euren Fähigkeiten besser entspricht – ich meine Sonne, Strand und Surfen –, dann seid bitte morgen früh um zehn am Surfcontainer. Aber pünktlich, wenn ich bitten darf."

Am nächsten Morgen stellte ihnen Westermann seine Idee vor: Er wollte die Surfschule wieder auf Vordermann bringen, mit speziellen Kursen für Teenies, für Frauen und Männer in den besten Jahren, mit Remmidemmi und sehr viel Äktschen. Er schlug vor, daß sich Sarah und Nik um das Surfen kümmern und Sven, nach seinem Zusammenstoß mit einer hübschen Fliegerin, das Paragliding übernehmen sollte. Hatte sich also schon bis zu seinem Alten rumgesprochen, sein Treffen von vorgestern: Wo denn der Haken an der Sache sei? "Den Haken setze ich euch vor die Nase", lächelte Westermann. "Allerdings einen sehr charmanten Haken. Wird mir nicht leichtfallen, ihn im Hotel zu ersetzen. Iwana heißt er." Sven war beleidigt: "Du schickst uns Iwana als Aufpasserin?!" Westermann beruhigte seinen Sohn: "Sie soll sich doch nur um die Kasse und die Abrechnungen kümmern. Auf diese Weise seid ihr den ganzen Rechnungskram los. Ansonsten lasse ich euch völlig freie Hand. Solange ihr keine roten Zahlen schreibt." Nach kurzer Beratung waren die drei einverstanden. Immer noch besser als Rasenmähen, Anstreichen und Holzhacken.

Christine hing das wöchentliche Hin- und Herpendeln zwischen Hotel und Pension zum Hals raus. "Ambiente hin, Ambiente her. Weißt du, John, was mir wirklich extrem auf den Geist geht in deinem Hotel?" stöhnte sie. "Daß ich dauernd freundlich sein muß zu deinen Gästen. Und dabei sind es zu 99 Prozent unausstehliche, arrogante Schnösel." "Ach ja?" schnappte Westermann. "Meinst du vielleicht, deine Gäste sind besser?! Das sind doch alles verkalkte Spießer ohne jeden Esprit." Beleidigt drehte sich Christine um. Westermann, dem der Ausbruch leid tat, zog sie zu sich heran. Sie hatten's ja beide nicht böse gemeint, aber Christine wollte momentan partout nicht zurück ins Hotel. Sie brauchte dringend ihre kleine, überschaubare Pension, um über alles besser nachdenken zu können.

Sven hatte, mit Timos Hilfe, begonnen, mehrere Schüler gleichzeitig im Trockenkurs zu unterrichten. Die erste hieß Gerlinde. Angeblich hatte sie die Grundbegriffe schon voll drauf und wollte gleich mit raus: Schließlich habe sie lang genug darauf gewartet. "Paß auf, Gerlinde. Jetzt atmest du erst mal ganz ruhig durch und lockerst dich." Niklas überprüfte ihre Schultern. "Das ist ja kein Kreuz. Das ist ein Stahlgerüst. Entspannen sollst du dich. Ganz cool. Das muß ganz locker aus dem Bauch kommen. Also los." Gerlinde sog die Luft ein wie ein Staubsauger: "Ich bin soweit." Iwana und Sven sahen den beiden nach: "Ein harter Brocken."

"Der versteht sein Handwerk." Gerlinde war richtiggehend begeistert von Niklas, als sie wieder aus dem Wasser trabte. "Ich möchte morgen zur gleichen Zeit noch mal mit ihm raus. Ist er noch frei?" Iwana checkte ihren Computer: "Soll ich dich gleich eintragen?" Den Seinen gibt's der Herr, dachte Timo.

In der Pizzeria mampfte die Clique Spaghetti. Da erschien Tjard mit der bewußten Paragliderin. Sven sah interessiert von seinem Teller auf: "Ah, die unbekannte Fliegerin in Begleitung eines bekannten Surfers! Hat sie auch einen Namen?" "Das sind meine Freunde", stellte Tjard die Tafelrunde Bolognese vor. "Und das ist Julia aus Hamburg." "Ich hab' gehört, ihr seid die wildeste Clique in ganz Norddeutschland", insinuierte Julia keck. "Die ostfriesischen Inseln und sämtliche Halligen eingeschlossen", ergänzte Timo und ging gleich ran, mit dem Gleichmut des ewigen Verlierers. "Was treibst du denn so?" Nun, sie habe ein paar Monate Praktikum bei einem Fernsehsender gemacht, plauderte Julia, aber dann habe sie die Schnauze voll gehabt. Jetzt wolle sie was eigenes auf die Beine stellen. "Meint ihr, Julia kann bei euch im

Pfahlbau übernachten?" erkundigte sich Tjard bei Sven. "Sie will ein paar Tage hierbleiben und Videos machen."

Sarah half Julia beim Herrichten des Gästebetts: "Was machst du eigentlich für Videos?" Julia, die einen Camcorder aus ihrer Tasche zog, wußte noch nicht so richtig. Die Technik war heute zwar für jedermann erhältlich, aber die Ideen, ja die Ideen …
"Schau doch mal morgen bei den Jungs am Strand vorbei", offerierte Sarah als zündende Idee. "Wenn die gut drauf sind, sind sie ganz brauchbare Objekte." Die beiden Frauen lachten.

Am nächsten Tag – Niklas bereitete sich gerade auf sein Tagespensum vor – kam Iwana und fragte, ob er noch eine weitere Surfschülerin annehmen könne. "Du entwickelst dich noch zur Sklaventreiberin", ächzte Nik. "Also gut, wo ist die Dame?" Iwana winkte, und im Neoprenanzug erschien – Christine. Jetzt war Nik baff: "Wollt ihr mich veräppeln oder was?" Christine schüttelte den Kopf: "Glaubst du, deine Mutter zwängt sich aus lauter Jux und Dollerei in ein so scheußlich enges Gummikostüm?" Nik verstand die Welt nicht mehr: Ausgerechnet seine Mutter, die jahraus, jahrein vor den Gefahren des Surfens gewarnt hatte. Es war Gerlinde, die ihn aus seinen Erinnerungen schreckte. Die pochte auf ihre Vormerkung und wollte keine andere Dame – Mutter hin, Mutter her – vorlassen. "Paß auf, Mama", erklärte Niklas. "Wie du siehst, hab' ich hier eine etwas problematische Schülerin. Wie wär's, wenn du dir die Grundbegriffe im Trockenkurs erst mal von Sarah bei-

bringen läßt? Danach werd' ich mich deiner annehmen. Exklusiv." "Okay." Christine schob mit ihrem Board ab. "Aber glaub' ja nicht, daß ich mit diesem Ding ohne dich ins Wasser steige." Niklas packte erleichtert sein Surfbrett und winkte Gerlinde in die Fluten.
Leider entging Christines slapstickwürdige Trockenübung der Videokünstlerin Julia; statt dessen filmte sie den gegenwärtigen Strand-Adonis Andrian beim Paragliding. "Du bist ja fast schon perfekt", begrüßte ihn Iwana, als Andrian mit Steuermann Boje an den Strand zurückkehrte. "Willst du noch 'ne Runde drehen? Heut' nachmittag ist das Schleppboot noch eine Stunde frei." Andrian fixierte sie interessiert: "Paragliding ist okay. Aber eigentlich bin ich deinetwegen hier. Wie wär's mit Disco heute abend und so?" Iwana versprach dem Kunden, de ihr von fern gefiel, es sich zu überlegen. Siegessicher stolzierte Andrian davon.

Die Clique hatte sich um den Surfcontainer gruppiert, wo Julia Sarahs Idee eines lustigen, etwas schrägen Surffilms mit ihnen in den Hauptrollen aufgriff: "Ihr tut nur das, was ihr immer tut, und ich nehme euch dabei auf. Ich hab' da echt gute Connections zu einem gewissen Privatsender. Selbstverständlich werdet ihr beteiligt, wenn ich den Film verkaufe." Sven war gleich Feuer und Flamme, unter der Bedingung, daß sie vorher zu sehen bekämen, was Julia verkaufte. Wegen versteckter Kamera und so. Julia war einverstanden: "Logisch!"

Wie sich seine Mutter heute angestellt habe, fragte Niklas. "Ätzend", erwiderte Sarah. "Irgendwie hab' ich das unbestimmte Gefühl, sie mag mich nicht. Nicht wegen meiner Hautfarbe oder so. Ich denke, es ist viel eher mütterliche Eifersucht." "Quatsch!" Nik reagierte barsch. "Mit Britta ist sie bestens ausgekommen." "Interessant." Sarah wirkt gekränkt, als der Name ihrer Vorgängerin fiel. "Dann hol' doch einfach deine Britta wieder zurück."

Ein Lieferwagen hielt vor der Kasse der Surfschule. Der Fahrer überbrachte Iwana einen Blumenstrauß mit Karte: "Liebe Iwana, sei so nett, erhöre das Flehen eines Verehrers! Zeig ihm nicht die kalte Schulter, denn er ist es vielleicht wert, daß man sich erst mal anhört, was er für ein Mensch ist. Nicht alles ist so, wie es auf den ersten Blick aussieht."
Plötzlich stand der Dichterfürst, der, im Vertrauen gesagt, das Poem nicht zum erstenmal anbrachte, in Person vor Iwana: "Ich hab' mir wirklich Mühe gegeben. Aber mit den Reimen hat's nie so ganz hingehauen." Dennoch verfehlte das Unternehmen seine Wirkung nicht. Iwana schaute auf den Blumenstrauß, dann auf Andrian . Wie sollte sie dieser geballten Ladung widerstehen? Andrian ließ sie nicht weiter zu Wort kommen und versprach, sie um neun abzuholen.

Niklas hatte seine Mutter mit aufs Wasser genommen. Für eine Anfängerin fuhr Christine gar nicht übel, aber natürlich teilte sie das "Glück" aller Anfänger und mancher Profis: Prustend tauchte sie nach ihrem ersten Surf-Sturz aus dem hüfthohen Wasser. Nik nutzte die unbefangene Gelegenheit, um sie auf das Mädchen aus Maui anzusprechen: "Meine Beziehung zu Sarah ist mir sehr, sehr wichtig. Wichtiger als alles, was bisher war..." Er half seiner Mutter zurück aufs Brett; sie segelte los, hatte den Wink mit dem Zaunfall verstanden.

Julia war noch immer mit der versteckten Kamera unterwegs: Pleiten, Pech und Pannen gab es auf den Brettern, die für die Jungs die Welt bedeuteten, ja zuhauf. Sie führte Interviews.
"Jo", stotterte Boje. "Also, warum ich surfe. Ich surfe...äh...äh...weil's Spaß macht."
"Warum ich surfe?" Timo kehrte den Profi heraus und blickte straight in die Kamera. "Weil die Mädchen ganz scharf drauf sind."
"Auf dich oder aufs Surfen?" fragte Julia hinter der Kamera. Timo klopfte sich tarzanmäßig auf die geschwellte Brust: "Auf mich natürlich!" Niklas reagierte da schon etwas profilierter.
"Weil's die einzige Art zu leben ist. Und weil ich nichts anderes so gut kann. Und weil ich's noch mal wissen will. Als Wettkampfsurfer." Sarah brachte es kurz und bündig auf den Punkt: "It's fun. Just fun." Lustig tauchte Svens Kopf aus dem Wasser auf: "Weil ich schon mit dem Brett auf die Welt gekomemn bin. Moment, das war nichts. Noch mal." Er tauchte unter – Take 2: "Weil ich...weil ich..." Er hatte sich verschluckt und spuckte Wasser. Julia setzte die Kamera ab, so lachen mußte sie.

Es dämmerte schon. Andrian begleitete eine nach durchtanzter und durchzechter Nacht leicht wankende Iwana aus der Disco. Sie war ganz schön angetrunken und wollte, wie alle Frauen in einer ähnlichen Situation, sofort ins Bett. "Alleine?" grinste Andrian unverschämt und lud sie noch zu einem Strandbummel ein, den sie doch nicht abschlagen könne. Iwana willigte zögernd ein, aber nur unter einer Bedingung: "Nicht anfassen! Ich bin nicht der Typ, der gleich am ersten Tag mit einem Typen ins Bett steigt." "Ich faß dich schon nicht an", kehrte Andrian den Gentleman heraus. Als sie hinunter zum Strand kamen, ging gerade die Sonne auf. Iwana, ein veritables Mitglied des schwachen Geschlechts, ließ sich gleich von der Stimmung mitreißen und von Andrian küssen. Als der aber aufdringlicher wurde, begann sie sich zu wehren. Ihre Bluse riß. Unbekümmert drückte sie Andrian, der plötzlich nicht mehr zu halten war und wie ein Wasserbüffel schnaubte, zu Boden. Iwana fing an zu schreien. Andrian schlug ihr ins Gesicht: "Ja, wehr dich nur, du kleine Wildkatze! Auf sowas steh' ich!" Er riß ihr die Bluse vollständig vom Leib. "Du Schwein!" brüllte Iwana. "Laß mich los!" Andrian drückte ihre Hände auf den Boden und machte ihre Arme mit seinen Knien wehrlos.

Boje, der mit dem Fischkutter unterwegs war, hörte Iwanas verzweifelte Hilferufe. Er griff zu seinem Fernglas und wurde Zeuge der Vergewaltigung. Zögerte nicht lange, zog Pulli und Schuhe aus und stürzte sich kopfüber ins Wasser.

Iwana hatte sich währenddessen losreißen können und ihrem Gegner das Gesicht zerkratzt. Andrian raste und rollte, wie von Sinnen, mit den Augen: "Jetzt reicht's. Jetzt mach' ich dich fertig!" Er schlug sie ins Gesicht. Als

Boje zum Strand hechtete, wollte Andrian Iwana die Hose herunterzerren. Boje versuchte ihn wegzureißen, aber Andrian hatte sich jetzt vollends in einen Mister Hyde verwandelt und rannte den unwillkommenen Störer wie ein Stier nieder. Boje rappelte sich wieder auf und rang mit dem Wahnsinnigen. Im Hintergrund mußte sich Iwana hustend übergeben. Mit einem gezielten Faustschlag konnte Boje den total Durchgedrehten endlich k.o. schlagen. Der auffällige Hügel in Andrians Hose machte schlapp wie ein Ballon, aus dem man die Luft rausließ. Boje kümmerte sich nicht weiter um ihn und sammelte Iwanas Kleidungsstücke ein. Hemmungslos schluchzend warf sich das Mädchen an seine Schulter.

Die Clique besuchte Iwana gleich am Krankenbett. Das Mädchen hatte einen Verband um den Kopf und Schürfwunden, aber der seelische Schaden wog schwerer. Doch Iwana überspielte: "Übermorgen kann ich schon wieder raus. Ist halb so schlimm, wie's aussieht." "Wenn ich das Schwein in die Finger gekriegt hätte...", schäumte Rocky. Ob die Polizei sie schon vernommen habe, fragte Martina. Iwana bejahte: "Boje hat gleich die Polizei und den Rettungswagen gerufen." Timo gab Boje einen anerkennenden Klaps: "Hätt' ich dir gar nicht zugetraut, Alter!" Iwana lächelte: "Ohne Boje könntet ihr mich jetzt wahrscheinlich stückweise aufsammeln."

Im Hotel Westermann führte Julia einem gewissen Scholz, der unter langen Haaren dünne Zigarillos qualmte, vor, was sie bisher aufgenommen hatte. "Nicht schlecht", staunte der Mann aus dem imaginären Reich der Privatsender. "Wirklich nicht schlecht. Ist das Ihr erster Film? Sehr professionelle Arbeit. Gute Kamera, Schnitt, Tempo, Witz. Gefällt mir. Genau das Richtige als Intro für unsere neue Jugendsendung." Allerdings wäre da noch ein klitzekleines Problem. Er riß die Fernbedienung an sich und spulte zu einer Stelle, in deren Mittelpunkt Sarah stand.

Später, im Pfahlbau, erzählte Julia der Clique von dem Angebot: Fünfzehntausend Mark habe dieser Scholz für das Material geboten, nur: er wolle Sarah unter gar keinen Umständen in dem Film haben. Sarah wußte natürlich den unausgesprochenen Grund: "Ich bin schwarz." Betreten schwieg die Runde. Einige sahen beschämt zu Boden. Traurig verließ Sarah den Raum. Niklas folgte ihr auf die Dachterrasse. Sie weinte. Er tröstete sie: Das sei doch genau das, was so Rassisten erreichen wollten. "Ich weiß", schluchzte Sara, "aber ich kann nicht anders. Das hier ist deine Heimat, und diese Heimat hat eine dunkle Vergangenheit. Nicht mal deine Mutter akzeptiert mich. Bitte, laß mich jetzt allein. Ich muß nachdenken…"

Einsam ging sie hinunter in Richtung Meer. Bereitete ihr Surfequipment vor. Da kam Christine: "Sarah, ich muß mich bei dir entschuldigen. Weißt du, ich hab' mich unmöglich benommen. In letzter Zeit hab' ich das Gefühl, ich weiß nicht mehr ganz, was in Niks Kopf vorgeht. Gewiß, ich hab' versucht, ihn zur Selbständigkeit zu erziehen, aber die Folgen sind manchmal schwer zu ertragen." Sarah sah sie an: "Du hast Angst, ihn endgültig zu verlieren. Ist es das?" Christine sagte nichts, und das war die ganze Antwort. Sarah legte ihr verständnisvoll die

Hand auf die Schulter: "Ich auch."
Christine hatte in der Pension den Tisch gedeckt, für zwei Personen. Richtig feierlich war es, mit Blumen, Kerzen und allem Pipapo: ein Versöhnungsmahl. Westermann war entzückt. "Weißt du, John", begann Christine behutsam, und langsam wurden ihre Worte wärmer, "unsere Abmachung ist nur ein fauler Kompromiß gewesen. Auf diese Weise wird niemand glücklich. Weder du noch ich. Dieses ewige Hin und Her. Nichts Halbes und nichts Ganzes. Und ich hab' dich doch nicht geheiratet, um halbe Sachen zu machen. Kurz und gut: Mein Herr Sohn ist soeben erwachsen geworden und geht seinen eigenen Weg. Sein Kinderzimmer in der Pension muß ich nicht mehr für ihn freihalten. Darum…" Westermann küßte sie, dankbar für ihre Offenheit, in den Nacken: "Darum möchte ich bei dir einziehen. In der Goodewind. Vorausgesetzt, deine altersschwachen Stromkabel schmoren nicht gleich durch, nur weil ich mein Notebook anschließen will."
Überglücklich fiel Christine ihrem John um den Hals.

Das hätte sich Scholz nicht träumen lassen: in Unterhose und T-Shirt, ein Pflaster auf dem vorlauten Mundwerk, gefesselt an einem Pfahl unterhalb von Niks Eigenheim. Wie konnte er sich von diesem Flittchen, dieser Julia, auch nur hierherlocken lassen? Stumm umringte die Clique ihn die Clique. Niklas wollte Sarah einen Pinsel reichen, aber die schüttelte den Kopf. Also fing Nik selbst an, diesen Scholz mit schwarzer Farbe zu bearbeiten. Zuerst er, dann die anderen, bis der Fernseh-Heini von oben bis unten geteert war. Statt sich an Einschaltquoten aufzugeilen durfte Scholz nun schwarz in die Röhre gucken. Eine Lektion gegen den täglichen Rassismus in Deutschland und anderswo. Scheiß auf das Geschäft mit dem Surfvideo: Der Herr hat's gegeben, der Herr hat's genommen und darum – neues Spiel, neues Glück!

10
Die Ausreißerin

Es war schon dunkel, die Straße regennaß. Ein Mädchen, ziemlich abgerissen und halbverhungert, studierte die Speisekarte vor der Pizzeria. Versteckte sich vor Niks einrollendem Bulli im Hauseingang. Erstaunlich, wie viele Leute in so einen alten VW-Bus passen. Als sie alle im Ristorante waren, löste sich das Mädchen wieder aus dem Schatten.

Timo tat so, als suche er in seinen Hosentaschen nach Kleingeld, dabei wußte er natürlich, daß er keine müde Mark darin finden würde. Ob er heute nicht wieder mal einen Tellerwäscher brauche, erkundigte sich Nik bei Rocky und wies mit dem Kinn auf den verhinderten Krösus. "Laß stecken, Timo!" schritt Julia zur Ehrenrettung des Youngsters. "Heute zahl' ich! Ich hab' nämlich beschlossen, in St. Peter zu bleiben. Ich hab' mich bei Tjards Eltern auf dem Bauernhof einquartiert." "Ho ho!" meinte Timo lautstark und scheinbar wissend. Tjard stellte ihn mit einer Kopfnuß ruhig. "Bist du sicher, daß das Nachtleben hier bei uns mit Hamburg mithalten kann?" freute sich Sven über den Neuzugang innerhalb der Clique. Oh! machte Julia. Sie hatte sich fest vorgenommen, einigen Staub in St. Peter aufzuwirbeln: "Ich will nämlich einen Radiosender aufmachen. Speziell für Jugendliche. Radio S-P-O." Timo verdehte die Augen:

"Schpo?" "Kurz für St. Peter-Ording", blinzelte Tjard. "Schon mal gehört?" Die Clique war hingerissen von der Idee. Sarah bot an, jeden Tag eine Reggae-Stunde mit Tips zum Thema Surfen einzulegen. Und Nik könnte ja Extra-Ratschläge für den Extrem-Surfer geben. In echtem Surfer-Chinesisch. Tjard wollte für die weitere musikalische Untermalung sorgen. "Genau", frotzelte Timo, "Heino und die lustigen Volksmusikanten." Zum Ausgleich wollte Rocky einen Werbespot schalten: Die besten Pizzas nördlich der Alpen, die ostfriesischen Inseln und sämtliche Halligen eingeschlossen.

Unterdessen hatte sich das fremde Mädchen ins Lokal geschlichen und gleich drei Pizzas auf einmal, zwei davon für Freunde, die angeblich gleich nachkommen wollten, bestellt.
Als Rocky servierte, waren avisierten Freunde immer noch nicht da. Ob er die zwei Pizzas noch mal warm stellen solle? erkundigte er sich, aber das Mädchen verneinte mit vollem Mund und dezimierte Speisen und Colagetränke in atemberaubender Geschwindigkeit. Als Rocky nach einer Weile wieder am Tisch vorbeikam, war alles ratzekahl vertilgt – und die geisterhafte Esserin verschwunden:"Das darf noch nicht wahr sein! Hat mich die kleine Hexe reingelegt! Unverschämtes Miststück! Schlägt sich den Bauch voll und haut ab, ohne zu löhnen!"
Die Clique konnte eine klammheimliche Schadenfreude nicht verbergen. Nik entschuldigte die unverhohlene Sympathie mit der Zechprellerin, aber: "Wenn du so richtig wütend wirst, bist du einfach saukomisch."

Tjard fuhr Julia mit seinem Motorroller zum Bauernhof seiner Eltern. Er brachte sie bis vor ihr Zimmer und warf eindeutig schmachtende Blicke auf sie. Er tat Julia richtig leid: "Hör mal, Tjard, du bist ein lieber Kerl. Du hast mir hier das Zimmer besorgt, kümmerst dich rührend um mich...und ich mag dich. Aber mehr als Freund, verstehst du?" Tjards Blick spiegelte seine traurige Verfassung. Langsam wollte er sich abwenden, da machte Julia zwei schnelle Schritte und umarmte ihn: "Weißt du, Tjard, ich habe gerade erst eine dumme Geschichte hinter mir. Laß mir einfach etwas Zeit, bis sich die Dinge in meinem Kopf geklärt haben, okay?" Sie lächelte ihn an und drückte ihm einen unschuldigen Kuß auf die Backe, bevor sie die Tür hinter sich zumachte. Nachdenklich strich sich Tjard über die Wange.

Als Niklas am nächsten Morgen seinen Bulli am Surfcontainer parkte, fand er das Vorhängeschloß aufgebrochen. Vorsichtig spähte er in den Container. In einer Ecke, eingerollt in ein paar alte Decken, entdeckte er das Mädchen vom Vorabend. Er bat Timo, der gerade vorbeikam, leise zu sein und ein Frühstück für Unbekannt zu besorgen. Endlich lugte die Kleine aus dem Container. "Hi", begrüßte sie Nik. "Gut geschlafen? Ich bin Nik. Und wie heißt du?" Schläfrig blinzelte sie in die Morgensonne und gähnte: "Jenny." Im Hintergrund trabte Timo mit dem Frühstück an. Die beiden Youngsters starrten sich lange an, schienen aneinander auf den ersten Blick Gefallen zu finden.
"Das ist Timo", stellte Niklas vor. "Vorne am Kiosk gab's leider nur noch Fischbrötchen", entschuldigte der etwas

verlegen. Aber Jenny biß schon herzhaft rein: "Macht nichts. Fischbrötchen sind mein Leibgericht."
Warum sie den Surcontainer aufgebrochen und hier geschlafen habe, fragte Nik. Jenny fand nichts dabei: "Bin mit meinen lieben Eltern hier auf Urlaub. Die beiden nerven mich. Keine ruhige Minute lassen sie mir. Kommandieren mich rum: Mach dies, mach das! Gestern ist dann das Pulverfaß explodiert. Wir haben uns tierisch gestritten, und danach hielt ich es für besser, mich mal für ein paar Tage abzusetzen, bis sie sich abgekühlt haben."
Timo sprudelte sogleich vor Hilfsbereitschaft: "Meinst du nicht, Jenny kann ein, zwei Tage bei euch im Pfahlbau übernachten, wo Julia doch bei Tjard untergekommen ist?" Niklas zögerte, aber dann war er, bei aller Skepsis, einverstanden, vorausgesetzt, Sven und Sarah hätten keine Einwände. Glücklich zog Timo mit Jenny los.

Sarah, Julia und Martina warteten vor dem Böhler Leuchtturm. "Der perfekte Standort für einen Radiosender", freute sich Julia. "Wirklich ein guter Tip von Tjard." "Der will dir aber nicht nur gute Tips geben", bemerkte Martina aus Erfahrung. Auf einem Fahrrad radelte ein älterer Mann auf sie zu. Herr Bolte war Tjards Onkel und saß im Gemeinderat. Umständlich sperrte Bolte den Leuchtturm auf: "Bitte immer mir nach, die Damen."
Die drei Mädchen folgten ihm die engen Stiegen hinauf. Oben auf der Plattform hatten sie eine fantastische Aussicht.
"Sie kennen doch bestimmt jeden einzelnen aus dem Gemeinderat aus dem Effeff", fragte Julia vorsichtig bei

Bolte an. Das könne man wohl sagen, fühlte sich der gebauchpinselt.
"Dann könnten Sie doch ein gutes Wort für unser Projekt einlegen", bohrte sie weiter.
"Naja", überlegte Bolte, "sie hören schon auf mich, wenn ich was sage..." Überschwenglich bedankten sich die Mädchen: Jetzt, nachdem die Unterbringungsfrage anscheinend geklärt war, brauchten sie nur noch eine Lizenz und einen großzügigen Sponsor.

Timo führte Jenny durch den Pfahlbau. Die fand es echt cool hier. Timo versuchte seine Schüchternheit zu überspielen, indem er sich warm redete wie sonst immer, aber da legte ihm Jenny sanft den Finger auf den Mund, schloß die Tür ab und zog ihm das Sweat-Shirt über den Kopf. Timo bekam es richtig mit der Angst, als sie auch ihren Oberkörper freilegte. Er schluckte im Angesicht zweier wohlgeformter Brüste. Wäre am liebsten zur Salzsäure erstarrt. Quasseln war ja kein Problem für ihn, aber machen, du liebe Güte! Jenny wartete ungeduldig: "Mein Gott – hast du eine lange Leitung!"

Plötzlich brach mit der Stärke eines Tornados ein Johlen und Pfeifen los. Die Clique beglückwünschte ihren Jüngsten, der jetzt endlich keine Jungfrau mehr war. Aufgeschreckt öffnete Timo einen Spalt die Tür des Gästezimmers:
"Wie lange seid ihr denn schon hier?"
Niklas grinste über beide Ohren: "Lange genug, um zu wissen, daß ihr nicht Pingpong gespielt habt."
Was denn auf Verführung eines Minderjährigen durch

eine Minderjährige stehe, zwinkerte Sven. Timo schob Jenny wieder ins Gästezimmer zurück: "Das geht euch einen feuchten Dreck an, ihr Idioten!" Vorsicht! beruhigte Nik die Umstehenden. Der Junge sei nach der Entjungferung noch sehr verletzlich. Nur Rocky, der auch dabei war, hatte Jenny als die Zechprellerin von gestern identifiziert und fing an, über seinen angeblich ungeheuren Verlust zu jammern. Nach einer Weile des Wehklagens war der Zorn jedoch verraucht: "Na, ich brauch' sowieso noch 'ne flinke Spülerin. Da kann sich diese Kirchenmaus sogar noch ein bißchen Kohle dazuverdienen für ihre künftigen Eskapaden mit Timo." Allein der Gedanke machte alle schmunzeln.

Sven saß auf dem Dach des Pfahlbaus und beobachtete, in Gedanken versunken, den Sonnenuntergang. "Sag mal", gesellte sich Julia zu ihm, "du hast doch schon in der Werbung gearbeitet. Dann kennst du doch bestimmt eine Firma, die bereit wäre, in unseren neuen Radiosender zu investieren." Aus dem Geschäft sei er raus, brummte Sven, aber Tjard, der sei vielleicht der richtige Mann, der könne ihr bestimmt helfen. Tjard, ja, Tjard, seufzte Julia, der sei ein guter Freund, fast wie ein Bruder, aber sie würde sich besonders freuen, wenn er ihr helfen würde. Sven versprach, sich die Sache mal durch den Kopf gehen zu lassen. Julia gab ihm ein dankbares Küßchen. Jeder Blinde, solange seine Augen nicht noch mit Tomaten beschlagen sind, hätte jetzt gemerkt, daß Julia mehr wollte als nur medialen Beistand, aber Sven – er mußte nun mal immer an seinen Polarstern denken, der jetzt nicht mehr für ihn leuchtete.

Nik bastelte am Strand an seinem Board. Da kam Rocky mit einer Zeitung. Nik warf einen Blick darauf: Irgend etwas über ein Rind, das aus dem Schlachthof ausgebrochen war. Doch nicht etwa ein neuer Fall von Rinderwahnsinn? Nein, korrigierte Rocky: Kinderwahnsinn! Er deutete auf eine andere Spalte, die in unmittelbarer Nähe des entlaufenen Rinds placiert war. Niklas las: "Mädchen vermißt. Seit vorgestern wird die 17jährige Jennifer Weißflog vermißt, die im Heim für straffällig gewordene Mädchen in Buxthausen untergebracht war. Jennifer ist 1,69 Meter groß, hat grüne Augen, mittellange, braune Haare, trägt Jeans und eine dunkelblaue Jacke." Die Beschreibung paßte. Rocky, als er davon hörte, bekam es gleich mit der Angst, daß in seinem Lokal plötzlich eine Schwerverbrecherin arbeitete…Niklas kehrte zum Pfahlbau zurück und knallte die Zeitung auf den Tisch. Das sei hier kein Kriegsgerichtstribunal, stellte sich Timo schüzend vor seine Freundin. Aber Jenny sah keinen Grund zu leugnen.
"Wenn ihr Bammel habt, daß ich euch in was reinziehe, kann ich ja gehen." Dann kam sie mit dem wahren Grund, warum sie abgehauen war, heraus: "Im Heim gibt's einen Erzieher, der mich ins Bett kriegen will. Deshalb schlägt er mich." Sie drehte sich um und entblößte ihren Rücken, der voll blutunterlaufener Striemen war.
Besorgt fragte Rocky, was denn mit ihren Eltern sei.
"Meinen Vater kenne ich nicht", antwortete Jenny. "Der ist abgehauen, als ich fünf war. Und meine Mutter hat genug mit sich selbst zu tun. Alkohol. Die will nichts mehr von mir wissen. Umgekehrt genauso. Irgendwann hab' ich angefangen zu klauen, und dann kam eins zum

anderen..." Sie zuckte resigniert mit den Schultern.
Nik hatte eine Idee: "Du gehst zurück ins Heim!" "Niemals!" "Laß mich doch erst mal ausreden! Du gehst ins Heim, und einer von uns versucht dort einen Aushilfsjob zu bekommen und die Lage beweiskräftig zu peilen. Und wenn da wirklich was passiert, dann hast du einen Zeugen und kannst was gegen den Mann unternehmen." Timo war begeistert und wollte sich gleich als Freiwilliger melden, aber Nik winkte ab: "Entschuldige, aber dafür bist du zu jung. Wir brauchen jemanden, der seriös wirkt und..." Alle sahen ihn an.

Inmitten ihres schlichten, mit rustikalen Kiefermöbeln ausgestatteten Bauernzimmers tippte Julia in ihr Notebook. Es klopfte. Sven stand im Türrahmen. Er habe sich mal umgehört und sei dabei auf jemanden gestoßen, der Interesse für das Radioprojekt gezeigt habe: "Claudius Vandenberg. Ein Mann mit entsprechendem Background: Hotels, Restaurants, Tourismus. Ich hab' dich schon angekündigt. Er wartet auf deinen Anruf. Sag' seiner Sekretärin, du kommst von mir, dann stellt sie dich gleich durch."
Als er den Bauernhof verließ, lief er Tjard über den Weg. Der schien es gar nicht gern zu sehen, daß Julia Herrenbesuche bekam. Außer von ihm.

Nik fuhr mit Jenny im Bulli am Heim vorbei. Es handelte sich um ein großes, wilhelminisches Gebäude, das einem Knast verdammt ähnlich sah. Jenny wollte nicht eher zurück, als bis sie Niklas angenommen hatten. Nik stieg aus und begab sich in die Dunkelheit des Baus.

Jenny schob nervös eine Kassette ins Autoradio, während Nik in die Küche abgezogen war, um sich dort als Hilfskoch vorzustellen. Der Küchenchef zögerte, aber Niklas köderte ihn mit Referenzen, die Rocky ausgestellt hatte, und der zusätzlichen Feststellung, wenn er nicht zufrieden sei, könne er ihn jederzeit feuern. "Das ist'n Wort", fand der Koch und schlug ein. Nik teilte Jenny die Neuigkeiten gleich mit. Bevor sie zum Eingangstor ging, um sich zurückzumelden, beschrieb sie ihm noch das "Schwein", auf das er achten soll – Dohme hieß es: "Hat eine Glatze, obwohl er erst 30 ist."

Julia hatte sich mit Vandenberg in einem Konferenzraum des Hotels Westermann verabredet. Endlich erschien Sven mit dem schon ungeduldig erwarteten Investor. Er war Mitte 50 und wirkte aalglatt. Schüttete Julia sogleich mit Komplimenten zu: Selbstverständlich sei er bereit, die Anfangsinvestition für den Sender zu tätigen, falls Julia die erforderliche Lizenz erhalte. Zu seiner Information projizierte Julia Dias, Diagramme usw.: "Und hier das Ergebnis einer Marktforschung, die wir in St. Peter durchgeführt haben: Fast jeder Jugendliche würde auf einen modernen, lokalen Sender umsteigen." Sie drückte auf ein Tonbandtaste und spulte ausgewählte Statements ab: "Radio S-P-O – einfach Klasse!" – "Endlich mal'n Sender, der uns zu Wort kommen läßt!" – "Gute Musik! Echt geil!" Vandenberg schien zufrieden: "Offensichtlich braucht St. Peter nichts so dringend wie Ihr Radio." Julia lachte. Trotzdem: der Mann war ihr nicht ganz geheuer. Später, als der Mann weg war und sie sich bei einem Journalistenkollegen in Hamburg nach ihm erkundigt hatte, bestätigte sich ihr ungewiß aus dem Bauch aufsteigender Anfangsverdacht. Völlig außer Atem erzählte sie Sven, dieser Vandenberg sei das deutsche Oberhaupt der sogenannten Gotteskinder, einer militanten Jesussekte, die, wie Scientologen und Munies, darauf aus sei, auf Teufel komm raus wirtschaftlichen Einfluß zu gewinnen, und zwar über allerlei Liebesdienste: Sex, flirty fishing, als Köder-Argument für potentielle Mitglieder, die sich im wirklichen Leben nichts trauten. Natürlich sei so einer scharf darauf, eine Radiostation in seine Klauen zu kriegen: "Was Besseres kann dem doch gar nicht passieren, um für seine obskure Vereinigung neue Mitglieder zu werben." Sven war bestürzt: "Julia, du mußt mir glauben – davon hab' ich nichts geahnt." Völlig deprimiert wollte sich Julia bei ihm anlehnen, zärtlich mit ihm sein. Aber Sven entzog sich, erzählte ihr von Sonja, die nach ihrem tödlichen Unfall immer noch in seinem Kopf sei.

Erschöpft kehrte Nik von der Arbeit im Heim zurück und ließ sich in einen Sessel fallen: "Puh, ich sage euch: Dagegen war's bei Papa Westermann in der Hotelküche ein Zuckerschlecken. Dieser Dohme, der ist zwar ein Arschloch, aber Besonderheiten hab' ich bisher nicht feststellen können. Und länger als nötig spiele ich da sowieso nicht Küchenhilfe, das kann ich euch flüstern." Timo fletschte die Zähne: "Dann geh' ich persönlich hin und polier' dem Typen die Fresse." In dem Moment stand Jenny in der Tür. Timo sprang auf: "Hat er dir wieder was angetan?" Jenny nickte: "Er hat mir gedroht, wenn ich mich morgen nicht mit ihm treffe, wird er dafür sorgen, daß ich in ein geschlossenes Heim komme, weil ich abgehauen bin." Timo schlug vor, die Polizei zu verständigen, aber Nik hielt das für zwecklos: Da stehe dann Aussage gegen Aussage.

Vom Küchenfenster des Heims aus beobachtete Nik eine Gruppe von Mädchen, unter ihnen Jenny, bei der Gartenarbeit. Er hatte einen Fotoapparat dabei. Bei der erstbesten Gelegenheit stahl er sich aus dem Gebäude und versteckte sich in einem Gebüsch. Jenny saß auf einer Bank und wartete. Da erschien Dohme. Zuerst redeten die beiden nur. Plötzlich fiel Dohme über das Mädchen her. Jenny wehrte sich nach Leibeskräften. Nik knipste ein Foto nach dem anderen. Jetzt schrie Jenny um Hilfe. Als er Nik aus dem Gebüsch springen sah, ließ Dohme los. Sofort fiel sein Blick auf den Fotoapparat; er kapierte: "Gib die Kamera her, du mieser kleiner Voyeur!" Er stürzte sich auf Niklas, aber der konnte den Angreifer mit einem Tritt in den Unterleib abwehren. Dohme ging wie ein Sandsack zu Boden. Dann verschwand er mit Jenny.

Die beweiskräftigen Fotos landeten beim Jugendamt. Fazit: Dohme wurde vom Dienst suspendiert und bekam außerdem noch eine Klage an den Hals, die sich gewaschen hatte. Jenny und Timo umarmten sich: Sie mußte, für vier Monate, in ein anderes Heim, nach Stuttgart, aber dort sollte es ganz okay sein. "Sie probieren dort neue Vollzugsformen aus", erklärte Niklas der Clique. "Aber so lange darf Timo Jenny nicht sehen. Das ist die Bedingung." In die Befriedigung über die Entscheidung mischte sich leichtes Bedauern. Die Clique wußte, was das für die beiden bedeutete

Es regnete in Strömen. Timo und Jenny verabschiedeten sich leidenschaftlich. Jenny küßte Timo noch einmal, streichelte ihm zärtlich den Kopf. Timo nahm seine geliebte Baseballmütze und setzte sie Jenny auf. Als der Bulli Jenny wegbrachte, liefen ihm Tränen über die Wange, Tränen, die sich sofort mit Regen vermischten.
Auch Julia war geknickt, daß ihr Radioprojekt ins Stocken geraten war: Erst der Reinfall mit diesem Sekten-Guru, und jetzt haperte auch noch mit der Lizenz. Und solange die nicht erteilt war, blieb auch der Leuchtturm verschlossen. Um sie etwas aufzuheitern, präsentierten ihr Sarah und Martina einen vorsintflutlichen Funksender: "Den haben wir von Boje. Gehört eigentlich seinem Vater." Konnte die Sache also doch, wenn auch etwas außerhalb der Legalität, starten...

11
Talk Radio

Der Bauernhof von Tjards Eltern. Zwischen Strohballen, auf mehreren Tapeziertischen, war die kleine provisorische Radiostation aufgebaut. "Frauen und Technik!" betrat Sven den Stall.
"Zwei Welten treffen sich!" "Paß auf!" fauchte Martina. "Hier ist Macho-freie Zone!" Julia versuchte sich auf ihre Arbeit zu konzentrieren und zog am Mischpult den Regler hoch: "Null Bock auf einen tristen Fernsehabend? Aber keine Ahnung, wo heute abend die Sau los ist? Diese und ähnliche Sprüche gehören ab sofort der Vergangenheit an. Denn jetzt gibt es Radio S- für Sankt, P- für Peter, O- für Ording und damit den vollen Durchblick in der Szene von St. Peter-Ording. Mit Radio S-P-O wißt ihr täglich, wo's langgeht. S wie selbstbewußt…" "P wie prickelnd", gluckste Martina ins Mikro. "Und O wie originell", schob sich Sarah zwischen die beiden. Julia gab ein Zeichen, und Martina verschob zwei Regler auf dem Mischpult: Der Jingle lief. Julia setzte ihre Kopfhörer ab. Tjard kam gerade rechtzeitig, um eifersüchtig zu verfolgen, wie Sven seinen Arm um Julias Stuhllehne gelegt hatte und mit ihr flirtete:
"Also, S wie selbstbewußt…das klingt ja wie Alice Schwarzer. S wie sexy…das wär' doch viel besser." Wie lange sie eigentlich täglich senden wollten, quäkte Tjard etwas ängstlich. Drei bis vier Stunden, kam die Antwort.

Tjard schluckte: "Aber, ...Piratensender sind meistens nur zehn Minuten auf Sendung..."
"Tjard, können wir das nicht später...? Wir sind auf Sendung", brach Julia das unbequeme Thema ab.

Auf der Deichstraße war ein Peilwagen unterwegs. Dr. Klose, ein korpulenter Mittvierziger, verzehrte mit Genuß seine Schokolade und hantierte beiläufig an den Funkmeßgeräten. Am Steuer saß Schneider, sein junger, übereifriger Assistent: "Ich hab' mal nachgezählt: Achtundneunzig illegale Sendeanlagen wurden allein im letzten Jahr im Raum Ostfriesland geortet. Ich garantier' Ihnen: Wenn wir nicht aufpassen, wird das Schwarzsenden auch in Nordfriesland Volkssport Nummer eins!" Mit halbem Ohr und leicht gelangweilt verfolgte Klose den "Wellensalat" aus verschiedenen Radiosendern, Polizeifunk, Schiffsfunkverkehr und atmosphärischem Rauschen. Mit einemmal hatte er Julia drauf: "Radio S-P-O. Das steht für St. Peter-Ording..." Klose nahm schnaubend
den Kopfhörer ab: "Rufen Sie mal die Dienststelle an, Schneider. Mal sehen, ob die 'ne Lizenz haben. Ich peil' inzwischen die Richtung." Bald darauf lag die Rückmeldung der Dienststelle vor: Ein Sender S-P-O war nicht gemeldet.

Kleine Meinungsverschiedenheit im Hotel Westermann: John mußte für drei Tage in die Klinik, ausgerechnet jetzt! Der Hotelier, ohne den sonst doch gar nichts ging (jedenfalls sah er selbst das so), war außer sich: "Im Moment hab' ich wirklich andere Probleme. Die

Aufenthaltsdauer der Gäste geht rapide zurück. Die Leute sparen an allen Ecken und Enden. Ich bin darauf angewiesen, daß dieses neue Reisemagazin eine gute Kritik bringt. Das hat mehr Werbeeffekt als tausend Anzeigen. Aber jetzt, wo die einen Journalisten vorbeischicken wollen, da muß ich ins Krankenhaus." Aber Sven sei doch da, erinnerte ihn Christine: "Denk' dran: Du hast einen zu hohen Blutdruck und erhöhte Blutzuckerwerte. Was ist, wenn du plötzlich zusammenklappst? In deinem Alter und bei dem Streß, den du hast, ist das sehr wohl ein Risikofaktor. Denk' dran, was dein Hausarzt gesagt hat: Gesetzt den Fall, du überlebst einen Herzinfarkt, dann kannst du – Gäste hin, Gäste her – dein Hotel mit Sicherheit aufgeben."

Auf der Landstraße hatte Niks Bulli einen Platten. Während er mit Rockys Hilfe einen Ersatzreifen und den Wagenheber aus dem Bus wuchtete, tönte Julias Stimme vollmundig aus dem Radio.
"Radio S-P-O – total lokal! Heute ist Surfcup auf Sylt . . . deshalb einen lieben Gruß an Nik, unseren Surf-Champion, der St. Peter heute hoffentlich würdig vertreten wird."
Während sie den Reifen wechselten, bemerkte Rocky plötzlich den Peilwagen. "Hey, komm schnell!" Blitzschnell warf Niklas das Werkzeug in den Bus und gab Gas. "Wir müssen die Frauen warnen, bevor ihnen die Peilheinis da auf die Pelle rücken."

Nik holte aus dem Bus sichtlich das letzte heraus, aber der Peilwagen ließ sich nicht abhängen. "Managgia!" entfuhr es Rocky auf dem Beifahrersitz. "Halt an! Wir müssen die aufhalten und Zeit gewinnen! Wir leiten sie um! Mach' schon!" Sie hielten und stiegen aus. Der Planweg war wie ein Deich, der von breiten Entwässerungsgräben eingeschlossen war. So konnte niemand vorbei. Rocky wollte zum Bauernhof vorauslaufen und die Ladies warnen. Nik hielt die (Blockade-)Stellung.

Der Peilwagen stoppte hinter Niks Bulli. Schneider stieg aus: "Würden Sie bitte den Weg freimachen. Wir müssen hier durch." Nik entschuldigte, aber: "Der Motor springt nicht mehr an." Hilfsbereit wollte Schneider ins Führerhaus des Bulli klettern und am Zündschlüssel drehen. Rasch beugte sich Nik hinein und zog ihm den Schlüssel vor der Nase ab: "Bloß nicht anfassen! Das ist ein Turboprop! Der explodiert bei rascher Zündung!" Schneider faselte etwas von Behinderung einer Amtshandlung und blies sich mächtig auf, aber da schaltete sich Klose ein: "Kommen Sie, Schneider. Bevor wir noch mehr Zeit verlieren, nehmen wir lieber einen anderen Weg." Als Klose wieder im Peilwagen war, merkte er, daß die Piraten den Sendebetrieb eingestellt hatten: "Ich hab' aber immer noch das Sendesignal. Solange der Sendequarz an ist, kriegen wir sie. Der Sender kann nicht mehr weit sein. Verständigen Sie vorsichtshalber schon mal die Funkstreife, Schneider."

Tatsächlich standen Peilwagen und Funkstreife schon kurze Zeit später auf dem Bauernhof von Tjards Eltern. Klose hielt Julia seinen Dienstausweis hin: "Guten Tag, Dr. Klose, Funkkontrollmeßstelle Hamburg. Wer ist der

Verantwortliche für ein Radioprogramm namens S-P-O, das von diesem Gehöft aus in der letzten halben Stunde auf 101,2 Megahertz zu empfangen war?" Julia und die anderen stellten sich dumm: "Hier ist kein Sender! Das ist doch absurd!" Unbeachtet schlich Schneider um den Stall herum und entdeckte das Corpus delicti: die Antenne. Er öffnete das Tor und winkte den beiden Polizisten. Klose machte die Damen derweil darauf aufmerksam, daß sie sich durch den Betrieb eines illegalen Sendegeräts nach ß 15 des Fernmeldegesetzes strafbar gemacht hätten. "Das ist nicht illegal", wehrte sich Julia. "Wir haben einen Lizenz-Antrag gestellt." Martina sprang Julia bei: "Wetten, der Antrag liegt seit Wochen unberührt auf Ihrem Schreibtisch?! Sie sollten besser da mal einen Blick drauf werfen, statt uns hier auf die Pelle zu rücken." Klose glaubte sich jedoch über jeden Verdacht behördlicher Inaktivität erhaben: "Die Vergabe von Sendelizenzen liegt überhaupt nicht in unserem Zuständigkeitsbereich." Auch durch das Beschwören einer unabhängigen Radiokultur ließ sich Klose nicht erweichen und lud die Damen und Herren zu einem Besuch des nächsten Polizeireviers.

Westermann hatte inzwischen sein Krankenzimmer bezogen. Er war mit seinem Handy auf den Balkon gegangen und telefonierte mit Sven wegen des bewußten Journalisten: Selbstverständlich komme so jemand immer inkognito, aber diese Pressefritzen erkenne man trotzdem auf den ersten Blick: "Kleines Gepäck. Bart vielleicht, manchmal eine Brille. Meistens sind diese Typen übergewichtig. Du weißt ja, die haben nichts anderes zu tun als zu fressen und zu saufen...Aber laß dir bloß nicht anmerken, daß du ihn erkannt hast. Sei nicht überfreundlich." "Kein Problem", versicherte Sven. "Ich geb' ihm die Besenkammer ohne Frühstück." Über Einsamkeit konnte Westermann übrigens nicht klagen. Sein Zweibettzimmer auf der Inneren Station teilte er mit dem achtjährigen Kasimir. Westermann schien nicht gerade erfreut. "Du bist wohl ein Kinderhasser", bohrte der Kleine. "Und für Kinderhasser und alte Männer gibt's noch ein paar Einzelzimmer im dritten Stock. Ich kann ja mal bei der Schwester ein gutes Wort für dich einlegen." Kasimir hatte Diabetes: "Den Einser-Typ, den für Kinder. Das Blöde daran ist nur, daß ich mich dauernd spritzen muß. Wenn ich mal groß bin, erfinde ich eine Tablette, damit ich mich nicht mehr spritzen muß." Mit seinem Transistorradio war er der wahrscheinlich jüngste Fan von Radio S-P-O und als solcher besonders enttäuscht, daß das Projekt nicht mehr auf Sendung war.

An der Westermannschen Hotelrezeption traf eine attraktive Bekannte ein. "Das ist ja eine Überraschung!" freute sich Sven, als er Caroline sah. "Was machst du denn hier? Ich dachte, du bist in Berlin bei dieser neuen PR-Agentur." "War mir zu doof da", erklärte Caroline. "Ich schreibe jetzt für Happy Holiday." Sven grinste ungläubig: "Was?! Du bist der Tester? Alle Hotels an der Nordseeküste zittern schon vor dir. Mein Alter hat sich beinahe in die Hose gemacht wegen deinem Artikel." Nachdem er ihr ein geeignetes Zimmer angewiesen hatte, führte Sven Caroline durch die Außenanlagen des Hotels – Tennisplätze, Park, Schwimmbad: "Nachher zeig' ich dir noch den Rest von unserem Freizeitpark. Wir bieten unseren Gästen ein komplettes Strandprogramm mit Beachball, Wasserski, Paragliding und natürlich Surfen!" Caroline machte ein Foto von ihm. Ob das dienstlich oder privat war, feixte der. "Dienstlich natürlich", schmunzelte Caroline. "Du kommst aufs Titelblatt. Trotzdem, weißt du: Beachlife, das ist megaout. Olle Kamellen. Ich werd' euch zwar 'ne gute Kritik schreiben, keine Bange, aber mit diesem normalen Beach-Klimbim lockt ihr niemanden hinterm Ofen vor. Die Leute wollen heute Natur pur. Das ist der neue Trend, das bestätigen alle Prognosen. Dabei habt ihr doch alles beisammen: Wind und Wetter, Dünen, Watt, Halligen. Stichwort: Erlebniswelt Nordsee. Nature and Adventure. Ein Freund von mir entwickelt dazu gerade ein neues Konzept. Er ist Reiseveranstalter und sucht noch ein Hotel als festen Partner. Wenn du willst, kann ich einen Kontakt herstellen."

Auf einer Polizeiwache in St. Peter. Sarah, Julia, Martina, Rocky und Niklas hockten vor einem altertümlichen Schreibtisch. Tjard, die Hände in den Hosentaschen, tappte nervös auf und ab. Nik hatte seinen Kopf auf die Hände gestützt: "Der Autozug ist weg. Den erwisch' ich nicht mehr. Das wär's dann gewesen mit dem Rennen auf Sylt." Sarah legte ihren Arm um Nik: "Es fährt doch später noch einer, den schaffst du schon. So lange können die uns doch hier nicht festhalten." Tjard war da anderer Ansicht: "Von wegen! Die können uns bis zu 24 Stunden festhalten." Nik seufzte: "Surfcup ade! Karriere ade! Am besten geb' ich mir die Kugel." Eine junge Beamtin erschien, um die Personalien aufzunehmen. "Sagen Sie", flüsterte ihr

Sarah vertraulich zu, "können Sie nicht dafür sorgen, daß wenigstens Niklas gehen kann. Er hat doch mit der ganzen Geschichte nichts zu tun."
Die Beamtin bedauerte: "Aber wir müssen erst das Protokoll aufnehmen. Wissen Sie, wenn es nach mir ginge, säßen Sie nicht hier. Ich fänd's gut, wenn wir ein Bürgerradio in St. Peter-Ording hätten. Aber wie Sie es machen, ist es nun mal gegen das Gesetz." Offensichtlich taten der Beamtin ihre drei Geschlechtsgenossinnen wirklich leid. Im Flüsterton riet sie ihnen, sich das nächste Mal einfach ein Boot zu nehmen und mit dem Sender aus der Dreimeilenzone rauszufahren: "Auf offener See können Sie senden, soviel Sie wollen. Das ist internationales Gewässer. Da kann Sie niemand belangen."

Sven rief Nik auf der Wache an. Da fielen ihm einige Faxe auf, die Iwana für einen Gast, der gerade eingetroffen war, versenden sollte: "Sag' mal, Nik: Wie heißt der Mann, der von der Funkkontrollmeßstelle?...Das is' ja'n Ding...Der wohnt bei mir hier im Hotel. Ich glaub', ich hab' da 'ne Idee. Es gibt doch sicher ein Faxgerät auf dieser Wache." Er ließ sich von Iwana ein Fax mit dem Aufdruck der Funkkontrollmeßstelle und der Unterschrift Dr. Kloses geben.

Das Faxgerät in der Polizeiwache war auf Empfang geschaltet. Ein Beamter überflog murmelnd die eintreffende Botschaft.
"Sehr geehrter...Betreffs illegalem Betrieb...Radio S-P-O...Nach Rücksprache mit der zuständigen Dienststelle muß ich Ihnen mitteilen, daß die Genehmigung inzwi-

schen vorliegt...die Anzeige mit sofortiger Wirkung aufzuheben."
"Heißt das, wir können gehen und bekommen den Sender zurück?" strahlte Julia.
Während die anderen das unliebsame Revier verließen, hielt der Beamte Nik zurück: "Sie muß ich leider noch bitten hierzubleiben. Die Herren von der Funkkontrollmeßstelle haben Anzeige gegen Sie erstattet: Sie haben sich mit Ihrem Fahrzeug einer Behinderung von Strafverfolgungsbehörden schuldig gemacht." Das hielt Nik jetzt im Kopf nicht aus: "Ich muß nach Sylt. Ich hab' da ein wichtiges Rennen. Und wenn ich jetzt nicht losfahre, erwisch' ich den Autozug garantiert nicht mehr." Aber der unnachsichtige Beamte überhörte stur das Flehen.

Draußen vor der Wache schwiegen die Frauen betreten. Rocky erklärte die Situation: "Das haben wir nur für euch getan. Männer haben viel zu gutes Herz." Julia starrte ratlos auf das Sendegerät und wollte diesmal auf Nimmer Sicher gehen: "Sagt mal, Boje hat doch einen nigelnagelneuen Kutter!"

Inzwischen hatte Westermann, nachdem er erfahren hatte, daß die Röntgenuntersuchung seines Magens wegen Unpäßlichkeit des Radiologen um einen Tag verschoben worden war, das Krankenhaus erbost und auf eigene Faust verlassen und war ins Hotel zurück. Sven geleitete Caroline soeben lachend über die Terrasse und stutzte: "Ich dachte, du bist noch in der Klinik, Pa. Darf ich dir eine alte Freundin vorstellen. Das ist Caroline Otto..."

"Sag' mal", spulte sich Westermann auf, "was fällt dir eigentlich ein? Hab' ich dir nicht gesagt, du sollst das Hotel nicht aus den Augen lassen?!" Caroline merkte, daß ihre Anwesenheit momentan unerwünscht war, und entschuldigte sich:
"Hast du heut' abend Lust auf Tanzen, Sven?"
"Könnten Sie Ihre privaten Termine mit meinem Sohn vielleicht ein andermal regeln, junges Fräulein?" bellte Westermann. "Sie sehen doch, daß wir hier was Wichtiges zu besprechen haben."
Als Caroline abgedampft war, gab Sven seinem Pa einen dringend gebotenen Hinweis, wer die junge Dame war. Dem alten Westermann ging die Kinnlade runter. Er begann zu stottern.

Am Eingang der Disco ließ sich Nik von Sarah trösten: "Dieser eitle Profizirkus hat doch eh nichts mit Sport zu tun. Auf diesen zweifelhaften Ruhm kannst du doch mit links verzichten. Ich lieb' dich so, wie du bist, auch ohne Surfpokal." "Mensch, Junge, Kopf hoch!" fiel Sven in den Klagegesang ein. "Ich dachte, dir geht's ums Surfen und nicht um irgendwelche Blechpokale." Er hatte Caroline im Schlepptau. "Von dir hab' ich schon einiges gehört, Nik", plapperte Caroline interessiert. "Du sollst ja der beste Surfer im Umkreis von mindestens tausend Seemeilen sein. Ich würd' gern mal ein Interview mit dir machen." Nik konnte nicht verbergen, daß er sich geschmeichelt fühlte.

In der Disco bearbeitete Iwana Boje, Radio S-P-O den Kutter zu leihen. Boje zögerte noch: "Dieses komische

Radio hört doch sowieso keiner." Timo, der in der Klinik jobbte, wußte es besser: "Stimmt überhaupt nicht. Bei mir auf der Station ist ein kleiner Junge, der ist ein totaler S-P-O-Fan. Kasimir heißt er." Der Discjockey ließ Julia eine Durchsage in eigener Sache machen: "Radio S-P-O ist das erste unabhängige Jugendradio in St. Peter-Ording. Wir machen ein Programm über das, was euch auf den Nägeln brennt. Aber um weiter senden zu können, brauchen wir eure Unterstützung. Bis jetzt wurde uns nämlich die Lizenz verweigert. Deswegen müssen wir in Zukunft von der offenen See aus senden. Aber dazu brauchen wir ein Schiff. Und das haben wir nicht." Ihr Blick fiel auf Boje. Der geriet kurz ins Schwitzen, bis er einen Entschluß gefaßt hatte: "Jo! Überredet!" Julia und Martina gaben ihm ein Küßchen. Iwana umarmte ihren Boje ganz fest.
Eine steife Brise wehte. Gleichmäßig tuckerte Bojes Kutter. Im Ruderhaus waren die Sendegeräte aufgebaut. Martina hatte einen Kopfhörer auf und bediente die Technik. Julia, mit Mikro in der Hand, machte einen Soundcheck, dann begann sie mit der Moderation.

Kasimirs Transistorradio war auf Empfang geschaltet, aber es befand sich nicht in der Klinik, sondern irgendwo in den Dünen. Der Kleine, der seinen Zimmergenossen Westermann vermißte, war kurzerhand ausgebüxt und freute sich wie ein Schneekönig, als er Julias Stimme und damit das geliebte Radio S-P-O hörte: "Heute senden wir von hoher See, und es kann schon mal passieren, daß ihr uns nicht so gut reinkriegt. Als erstes spielen wir für Dr. Klose von der Funkmeßstelle Hamburg, der jetzt sicher wieder mithört, Roam von B 52." Ein Windstoß riß Kasimir die Baseballmütze vom Kopf. Er lief ihr hinterher, bekam sie aber nicht zu fassen. Mußte sich plötzlich durch schlammigen Wattboden kämpfen. Als er sich umdrehte, waren die Fußspuren, die er hinterlassen hatte, bereits von einem Priel überspielt worden. Bald reichte dem Jungen das Wasser bis zu den Knien.

Klose und Schneider gingen an Bord eines Polizeibootes. Schneider erinnerte an das bewußte Fax und mokierte sich wortreich über die Dreistigkeit der Urkundenfälschung, aber Klose sah das nicht so eng: "Wissen Sie, Schneider, das gibt bloß wieder unnötigen Papierkram. Und unsere Dienststelle ist doch sowieso schon überlastet. Wir schnappen uns die Truppe und damit basta!"

Am Morgen kehrte Westermann in die Klinik zurück und fand Kasimirs Bett leer. Timo, der Krankenpfleger, und Kasimirs Mutter schauten besorgt. Sie erzählten Westermann, der Junge sei weggelaufen. "Ist denn die Polizei schon verständigt?" durchfieberte es den Hotelier. Als er ihre ratlosen Gesichter sah, stellte er gleich seinen Wagen zur Verfügung. Sie fuhren zum Surfcontainer. "Moin", begrüßte der Alte Sven und Niklas. "Wir brauchen sofort das Motorboot." Nik und Sven sahen sich verdutzt an. "Einer unserer Patienten, ein kleiner Junge, ist aus der Klinik weggelaufen", erklärte Timo. "Wir müssen über Radio S-P-O eine Durchsage machen." "Jaja", schaltete sich Kasimirs Mutter besorgt ein. "Wir müssen ihn unbedingt finden. Er braucht bald eine Insulinspritze."

Vom Kutter aus sah Sarah, wie sich ein Boot der Wasserschutzpolizei heranschob. "Achtung! Achtung!" meldete sich per Flüstertüte ein Beamter. "Bitte beenden Sie augenblicklich Ihren illegalen Sendebetrieb und drehen Sie bei!" Das Polizeiboot fuhr längs und legte backbord am Kutter an. Klose und Schneider stürmten an Deck, aber die drei Frauen versperrten den Herren den Weg. "Außerhalb der Dreimeilenzone dürfen wir senden", hielt Martina sie auf. Schneider setzte eine schadenfrohe Miene auf: "Sie sind aber nicht außerhalb der Dreimeilenzone. Da haben Sie sich verkalkuliert. Also, wo ist das Sendegerät?" Zielstrebig steuerte er auf das Ruderhaus zu, entdeckte den Apparat und zerrte gewaltsam ein Kabel heraus. Julia, Martina und Sarah durchbohrten ihn mit verächtlichen Blicken, ihn und Klose, der sich hinter seiner Klemmappe versteckte und Eintragungen machte.
"Irgendwie ist das doch ein bißchen viel Verwaltungsaufwand wegen so einem kleinen Furzsender. Dürfen wir das etwa als Kompliment des Beamtenstaates auffassen?"
Da kündigte sich weiterer Besuch an: Surfend flankierten Niklas und Sven das Schlauchboot mit Westermann, Timo und Kasimirs Mutter.

An Bord schilderten die Neuankömmlinge den Beamten die Lage. Klose wollte sich wieder hinter seinem § 15 verschanzen, aber Westermann fuhr ihm schroff übers Maul: "Hier geht es nicht um irgendwelche Paragraphen, sondern um die Rettung eines Kindes!" Es sei doch wohl ziemlich unwahrscheinlich, daß der Junge ausgerechnet

jetzt S-P-O höre, zweifelte der beleibte Funkkontrolleur. Aber Westermann wußte ja aus eigener Anschauung, ein wie großer S-P-O-Fan der Junge war.
"Bitte lassen Sie es uns doch wenigstens versuchen", flehte Kasimirs Mutter.
"Worauf warten wir eigentlich noch?" donnerte Westermann. "Wenn Sie jetzt nicht sofort den Sender wieder in Gang setzen und die Mädchen ihre Durchsage machen lassen, werde ich Sie persönlich wegen unterlassener Hilfeleistung vor den Kadi bringen. Haben Sie mich verstanden?!"
Diesen Kommandoton kannten und respektierten die Herren und klappten symbolisch die Hacken zusammen.
Endlich konnte Julia die Beschreibung des Kleinen über den Sender bringen: "Kasimir ist acht Jahre alt. Er trägt einen blauen Jogginganzug, eine rote Baseballmütze mit dem Aufdruck Los Angeles Riders und Turnschuhe."
"Kasimir", Timo beugte sich über das Mikro, "hier ist Timo. Falls du mich jetzt hörst, mach keinen Unsinn und melde dich…und komm zurück." Ein Schrei: Kasimirs Mutter hatte die rote Mütze im Wasser entdeckt. "Der ist ins Watt!" entfuhr es Timo. "Er will zu den Walen!" "Zu welchen Walen?" fragte Nik. "Der Zeitungsausschnitt! Kasimir hatte einen Zeitungsausschnitt!" Westermann fiel es wie Schuppen von den Augen, als er sich an diese Kleinigkeit aus dem gemeinsamen Krankenhausaufenthalt erinnerte. "Auf einer Sandbank ist kürzlich ein Wal gestrandet. Irgendwo in der Nähe der Hallig Gröde. Da wollte er unbedingt hin." Nik und Sven verloren keine Zeit. Doch keine Spur von Kasimir, als sie die Sandbank erreichten. "Das war's dann wohl", bedau-

erte Sven und wollte die Suche aufgeben, da sichtete Nik plötzlich einen Punkt weit draußen auf dem Wasser: "Du, ich glaub', da schwimmt er." Und wirklich – es war Kasimir.

Große Erleichterung an Bord des Fischkutters, als die beiden Lebensretter mit dem Jungen zurückkamen. Selbst Dr. Klose war voll des Lobes: "Also, eines muß man Ihnen ja lassen, Sie sind 'ne fixe Truppe. Respekt! Ich mach' Ihnen einen Vorschlag: Nächste Woche kommen Sie nach Hamburg. Und dann werden wir mal sehen, wie wir Ihr Genehmigungsverfahren beschleunigen können."
"Hallo, St. Peter-Ording." Julia berichtete live: "Hier meldet sich wieder Radio S-P-O. Wir haben den kleinen Kasimir gefunden. Seine überglückliche Mutter schließt ihn gerade in ihre Arme. Unsere beiden Surfer vom Dienst, Sven Westermann und Niklas Andersen, haben ihn vor der ansteigenden Flut in letzter Sekunde aus dem Wattenmeer geholt. Zum Dank bringt Radio S-P-O den Lieblingssong der beiden Lebensretter." Sarah hatte ihn schon eingelegt: Shiny happy people von REM.

12

Miese Typen

Sarah und Nik trugen ihre Surfbretter aus dem Wasser, als ein alter Mercedes am Strand entlangbrauste und mit seinem Gehupe die Badegäste scheuchte. Als sie zur Seite springen wollte, entglitt Sarah das Surfbrett und blieb im Weg liegen: Der Fahrer mußte scharf bremsen. Zwei Skinheads, komplett mit Springerstiefeln und Bomberjacken, sprangen wieselflink aus dem Fahrzeug, dann entstieg ihm der Fahrer selbst, sorgfältiger gekleidet, die Haare länger und gescheitelt. "Ein Niggerlein!" entfuhr es ihm mit Blick auf Sarahs dunkelhäutige Schönheit. "Für sowas bremse ich normalerweise ja nicht." "Hört mal, ihr Penner", brauste Nik auf, doch da erkannte er in einem von den dreien einen ehemaligen Schulkameraden: "Ich glaub's ja nicht: Dieter!" Der Angesprochene freute sich zwar, Nik zu sehen, aber trotzdem war ihm die Situation vor seinen Gesinnungsgenossen irgendwie unangenehm, besonders, als Nik nachfragte, was er hier mit einem neofaschistischen Strandkommando suche. "Mach' keine blöden Sprüche, Nik. Meine Hamburger Freunde mögen das nicht", warnte Dieter. "Wir wollen nur ein paar Sachen bei meiner Mutter abholen. Am besten, ihr geht jetzt…" "Hey, du Weichei, wer hat was davon gesagt, daß sie gehen dürfen?" schaltete sich der geschniegelte Anführer wieder ein. "Ist doch nichts passiert, Arien", suchte ihn

Dieter zu beschwichtigen. "Laß sie einfach gehen." Aber Arien hatte Blut geleckt und packte Dieter abrupt am Genick: "Schöne Freunde hast du da, du Arschloch! Kannst der Niggerbraut mal flüstern, daß ihr Untermenschengeruch meine hochempfindliche teutonische Nase belästigt." Als Niklas einschreiten wollte, gab Arien dem zweiten Jungfaschisten einen Wink: "Surferlein will eins in die Fresse haben." Aber bevor Tschack die Weisung in die Tat umsetzen konnte, erschienen Timo, Boje und Tjard und bauten sich schützend neben Sarah und Niklas auf. "Schau an: die friesische Bürgerwehr", schmunzelte Arien abschätzig, zog aber ansonsten den Schwanz ein und verkroch sich in seinem Mercedes. Als er den Motor anließ, drehten die Hinterräder durch. Tschack und Dieter mußten anschieben, schafften es aber nicht. "Diese Rassemenschen sind ja außerordentlich schwache Kerlchen", feixte Sarah. "Ein paar anständige Nigger, die würden die Karre mit links aus dem Dreck ziehen." Wütend holte Arien einen Militärklappspaten aus dem Kofferraum und drückte ihn Dieter unsanft in die Hand: "Die Rache ist mein, spricht der Herr."

"Nazipack!" schimpfte Boje. "Die gehören alle zusammen in einen großen Sack . . ." "Und der Sack gehört in den Keller...", dichtete Tjard weiter. "Jo!" bestätigte Boje. "Und der Keller gehört unter Wasser!" Sie klatschten ab. Nik berichtete Sarah von seiner Schulzeit mit Dieter: "Wir waren in der Penne das Duo Hoffnungslos von der hintersten Bank. We don't need no education war unser Schlachtruf, bevor wir die Pauker hingemetzelt haben. Seitdem hab' ich Dieter nicht mehr gesehen. Ist damals nach Hamburg gegangen, weil er hier keine Lehrstelle gefunden hat." "Und dabei wohl in falsche Kreise geraten", erkannte Sarah. "Vielleicht braucht dein Dieter gerade jetzt einen alten Freund, der ihm aus der braunen Scheiße raushilft."

Tschack hatte sich auf dem Rücksitz ausgebreitet und lehnte sich nach vorn zu Dieter, der sich wie ein Häufchen Elend auf dem Beifahrersitz krümmte: "Denen hätt' ich zu gern die Fresse poliert. Und dir gleich mit, weil du uns vor diesen Flachpfeifen blamiert hast, du Versager." "Für mich zählt nur unsere Kameradschaft. Treue zur Fahne. Das wißt ihr doch", verteidigte Dieter seine braune Gesinnung. "Diese Surftypen sind mir schnuppe." Arien am Lenkrad kniff die Augenbrauen zusammen. Offenbar war ihm eine Idee gekommen, wie "Volksgenosse" Dieter die rechte Solidarität tatkräftig unter Beweis stellen konnte. Er forderte ihn auf, das Handschuhfach zu öffnen. Als Dieter es tat, fiel ihm eine Original Walther P 38 der Waffen-SS, Jahrgang '41, in den Schoß. "Da beneiden mich die Kameraden in der Partei drum", erklärte Arien. "Scharf geladen. Wartet nur auf den Feindeinsatz."

Sven hatte inzwischen mit dem Unternehmer, dem ihn Caroline empfohlen hat, Verbindung aufgenommen. Wickert heiße er und sei genau der richtige Partner, berichtete er seinem Vater: "Wickert meint, wir sollen was Neues bieten, Erlebniswelt Wattenmeer oder so, eine andere Zielgruppe ansprechen, jüngere, finanzstarke

Leute. Das ist was, was die auf Sylt noch nicht haben: Nature and Adventure. Gesundheit und Fitness hier im Hotel, ein umweltverträglicher Sportbereich am Strand: Beachball, Trekkingpfad, Strandsegeln, Surfschule…" Und was dann aus dem Wasserski werde, aus Paragliding, Wetbikes und den ganzen modernen Sportarten, in die er investiert habe, furchte Westermann die Stirn zur besorgten Miene des im Kopf überschlagenden Geschäftsmanns. "Umweltverschmutzung und Lärmsport schrecken die Kunden von heute doch nur ab", bearbeitete Sven seinen Vater weiter. "Wickert will ein Konzept: Fit und gesund Urlaub machen, ohne dabei Umwelt und Gewissen zu belasten…" Und im Hotel gebe es dann wohl nur Körnerfutter und Karotten, brummte sein Vater: "Idealistisches Blablabla, nichts weiter." Sven war sauer; er schnappte sich die Diskette mit seinen Wickert-Ideen und stürmte angewidert aus dem Büro.

"Was ist dir denn über die Leber gelaufen?" wunderte sich Sarah über den wie ein Schmortopf kochenden Sven, als er in die Pizzeria polterte. Als Antwort knallte der die Diskette auf den Stammtisch der Clique und beklagte sich über den Konservatismus seines alten Herrn: "Kaum war er wieder im Hotel, hat er auch schon mein Konzept für Wickert zerpflückt. Zuviel ÷kologie, zuwenig Motorenöl und Lärm. Er hat's als Schwachsinn abgetan." "Wenigstens hat's dir den Appetit nicht verschlagen", stellte Tjard fest, nachdem Sven schnaubend einen Teller in seine Gewalt gebracht und ihn in Nullkommanichts von den überzähligen Spaghetti befreit hatte. "Kapier' ich nicht", kommentierte Nik. "Die Kombination Nature and

Adventure ist doch genau das, was Wickert so angeturnt hat an deinem Konzept." Sarah hatte für Westermanns Hotelprogramm nur ein Adjektiv: postmodern. Nicht gerade taktvoll versuchte Tjard das Thema zu wechseln und spielte auf ein gewisses S-P-O-Interview an, das Julia heute mit Sven hatte aufnehmen wollen. "Laßt mich bloß mit Julia zufrieden!" Sven brauste auf. "Dieses andeutungsvolle Gequatsche geht mir langsam aber sicher auf den Keks. Im Gegensatz zu dir will ich nichts von ihr. Daß du das endlich mal schnallst, Tjard!" Rocky wollte die heiße Luft, die sich im Ballon ihrer angespannten Stimmung gesammelt hatte, rauslassen, indem er zum Nachtisch Zabaione servierte, aber da zertrümmerte krachend ein Stein die Fensterscheibe des Ristorante.

Der Mercedes der Neonazis parkte am Straßenrand gegenüber der Pizzeria. Tschack hockte in der offenen Beifahrertür; Arien lehnte an der Motorhaube. Da kam Dieter gerannt: "OK, nichts wie weg hier. Schnell!" Hastig sprang er auf den Rücksitz und warf die Tür zu. "Wozu die Hast?" Arien saugte genüßlich an seiner Zigarette. "Jetzt wird's doch erst richtig spaßig." Rocky und die Clique stürmten aus der Pizzeria. Sven, der von dem Vorfall am Strand gehört hatte, wurde laut: "Das sind also die Idioten, die so dämlich sind, daß sie mit ihrer Rostlaube im Sand steckenblieben? In den Kindergarten gehören diese braunen Bettscheißer! Steine schmeißen, das ist das einzige, was sie können!" Arien blieb gelassen: "Moment mal, Klugscheißer, wer sagt denn, daß wir das waren? Könnt ihr uns das beweisen? Vielleicht hat ja ein linker Anarchist den Stein geschmissen. Oder ein Jude.

Das kommt aufs gleiche. Steht doch schon in der Bibel, daß die Juden immer den ersten Stein werfen."

Soviel Frechheit verletzte Rockys Gerechtigkeitssinn empfindlich: "Du mieser Schwanz! Warte, dir schlag' ich alle Zähne ein! Mir die Scheibe einschmeißen und dann dumm kommen, du arrogantes Rassistenschwein!" Arien konterte mit einer Bemerkung in fließendem Italienisch, mit der er Rocky an die Achse Berlin - Rom erinnerte und daran, wie gute Freunde der Duce und der Führer gewesen seien: "Ihr Italiener solltet doch langsam wissen, daß eure Feinde von südlich des Mittelmeers kommen. Wahrscheinlich hat einer von diesen Kaffern, die hier dauernd nach Asyl schreien, den Stein des Anstoßes geschmissen, einer von diesen Scheinasylanten." – "...oder ein Niggerschwein!" Tschack wies mit seinem unrasierten Kinn in Richtung Sarah. Dann machten sich die Faschos aus dem Staub. Nik beschloß, sich mal seinen Schulfreund vorzuknöpfen. Allein!

Das Haus von Dieters Eltern. Es klingelte an der Tür. Dieter öffnete. Es war niemand zu sehen. Er machte ein paar Schritte. Plötzlich überrumpelten ihn Sven und Nik und schoben ihn in den Bulli: "Wir haben was zu bereden, Dieter. Aber außer Reichweite deiner Freunde." Die Fahrt ging in die Dünen. "Ihr habt den Arsch auf, ehrlich!" jammerte Dieter. "Kann sein", entgegnete Nik. "Aber dafür verkehren wir auch nicht mit Nazis." Dieter war immer noch überzeugt, daß diese Neonazis seine Freunde waren. Nik trat auf die Bremse: "Darf ich mal kurz trocken lachen?! Die kommandieren dich doch nur rum, treten dir

in den Hintern – und du bedankst dich auch noch dafür! Bist du Masochist oder sowas?!" Dieter, in die Enge getrieben und in die Zange genommen, schrie sich in sinnlose Wut: "Fick dich! Wenn ihr mich nicht sofort nach Hause laßt, bekommt ihr gewaltigen Zoff mit meinen Freunden!" Niklas hatte aber keine Lust, die Sache mit dem Steinwurf und der zerschlagenen Fensterscheibe auf sich beruhen zu lassen:
"Du klärst das mit deinen sogenannten Kumpels ab und sagst mir heute nachmittag Bescheid, oder die Polizei wird sich der Sache annehmen."
"OK, ich hab' den Scheißstein geworfen", erklärte Dieter mit spöttischem Bekennermut. "Jetzt zeig' mich an, wenn es dir solchen Spaß macht, und steck' dir deine verlogene Schulfreundschaft in den Arsch! Von meinen Leuten würd' mich keiner denunzieren!"

Nachdem ihre Genehmigung vorlag, konnten die drei Rundfunk-Frauen endlich von der Höhe des Leuchtturms auf Sendung gehen. Julia schnitt das Band mit Svens Interview. "Richtig eingeschnappt war er", machte sie sich gegenüber Martina Luft.

Nik und Sven waren im Garten der Pension Goodewind, als Radio S-P-O das Interview mit dem jungen Westermann sendete. Sven plauderte über seinen liebsten Freizeitsport, Surfen natürlich; dann folgte wieder eine Frage von Julia: "Sag mal, Sven, was empfindest du für mich?" Moment mal, an die Frage konnte er sich aber nicht erinnern. Und als die Antwort in seine Ohren drang, haute es Sven förmlich um: "Ein Teil meines Lebens! Ich liebe dich!" So einen Quatsch hatte er doch nie und nimmer gesagt. Wohl hatte er, auf eine andere Frage, geantwortet, daß er das Surfen liebe, daß es zu seinem Lebensinhalt geworden sei. Mußten die Weiber also irgendwie das Band manipuliert und umgeschnitten haben, so eine Gemeinheit! "Ich liebe dich auch!" hörte er jetzt Julia säuseln. "Ein irres Gefühl. Als hätte man Flügel...", frohlockte darauf der Sven im Radio. "So geht es mir auch", bestätigte, leicht zitternd, Julias Stimme. "Jedesmal, wenn ich dich sehe." "Dieses Luder! Dieses verdammte Luder!" Sven hüpfte im Kreis wie ein Rumpelstilzchen. "Ich muß zum Leuchtturm! Sofort!"

Julia saß am Mikro und studierte einen CD-Label. Sie war allein und hatte das Mischpult zu sich herangerückt. Da flog die Tür auf, Sven stürzte aufgeregt herein und schnappte, hiermit kündige er ihr ein für allemal die Freundschaft. Sie habe ihn vor ganz St. Peter lächerlich gemacht. Einer von ihnen beiden müsse St. Peter verlassen, um die Schmach zu sühnen, für immer. Er begann, wie ein kleines Kind zu schluchzen. Eine derart betroffene Reaktion hatte Julia nicht erwartet: "Bitte, Sven! Ich wollte dir doch nicht weh tun!" Da verwandelte sich das Schluchzen mit einemmal in hemmungsloses Gelächter. Julia merkte, daß Sven sie auf den Arm genommen hatte: "Du gemeiner Hund, na warte!" Ganz beiläufig knöpfte sie ihre Bluse auf: "Ich glaube, du hast Angst vor Frauen, die wissen, was sie wollen, und es auch bekommen."

Reiseveranstalter Wickert traf im Sporthotel ein. Westermann begrüßte ihn. Wickert schien irritiert:

"Haben wir miteinander telefoniert? Ich dachte, wir wären ungefähr gleich alt."
"Sie haben mit meinem Sohn Sven gesprochen", erklärte Westermann. "Darf ich Sie in unser Restaurant entführen? Unser Küchenchef hat eine kleine Kostprobe seiner Kunst für Sie bereitet: Unser Spezialmenü mit Husumer Deichlamm…"
"Sorry!" winkte Wickert ab. "Das muß ich leider ablehnen. Ich ernähre mich fast ausschließlich vegetarisch…auf Algenbasis!"
Westermanns Gesicht nahm einen leicht verwirrten Ausdruck an. Wickert setzte die Baseballmütze ab, fuhr sich durchs Haar und lachte:
"Ich meine natürlich Sushi. Die japanische Küche ist einfach kultivierter, müssen Sie wissen. Da steckt die Philosophie des Zen in jedem Rezept. Aber Ihr Hotel hat natürlich auch Qualitäten. Das will ich gar nicht bestreiten. Wollen wir also zum Geschäftlichen übergehen?"
In Westermanns Büro studierte er einen Ordner mit Prospekten und Papieren:
"Sehr…ordentlich. Aber trotzdem, so wird das nichts. Wissen Sie, die Freizeitphilosophie hat sich in den letzten Jahren doch sehr verändert. Lärm, Motorboote, Wetbikes, alle Streßsportarten, dazu üppiges Essen, Konsumrausch – wer sowas will, fliegt heute nach Canaria. Da sind eh nur noch Rentner. Die, die heute das Geld machen, die Yuppis, wollen eine neue, saubere Freizeit. Sie interessieren sich für ihre Umwelt. Ganz klar, dem ökologischen Urlaub gehört die Zukunft. Ihr Sohn hatte doch da ein paar sehr zeitgemäße Ideen: Wind- und Wassersport, Trekking, Health and Nature, Genuß ohne schlechtes

Gewissen, gesundes Essen, Meditation, kurzum Wohlstand light...Das Paket würde mich schon sehr interessieren." Westermann, dem die bewußte Diskette einfiel, versuchte seinen Sohn über Handy zu erreichen, aber der war jetzt anderweitig zu beschäftigt, um abzunehmen.

Eng aneinandergeschmiegt lagen Sven und Julia oben im Leuchtturmnest. Dennoch hatte Sven männlicherseits keinen Grund zur Fröhlichkeit, im Gegenteil. Er stand auf, trat ans Fenster und sah sinnend aufs Meer hinaus. Tröstend legte Julia ihr Kinn auf seine Schulter:
"Hey, ist doch nicht so schlimm. Es war auch ohne das total schön."
"Es war einfach falsch", bedauerte Sven. "Ich hätte es vorher wissen müssen."
Julia verhielt sich ruhig und besonnen: "Wichtig ist doch nur, daß ich dich liebe, daß wir uns lieben."
Sven wendete sich von ihr ab und zog sich wieder an: "Ich weiß, du liebst mich Julia, aber in meinem Kopf ist immer noch Sonja. Mir dreht sich alles. Die Sache hätte nicht passieren dürfen."
Aber sie gehöre nicht zu den Frauen, die ihre Hände in den Schoß legen, beteuerte Julia: "Es hängt doch von uns ab, wie wir damit umgehen. Das hier ist nur unser Ding, deins und meins."
"Meinen Anteil kannst du gerne haben", entfuhr es Sven, etwas zynisch und in seiner männlichen Ehre sichtlich gekränkt. "Der hat ja eh nicht geklappt." Sven senkte seinen Blick, dorthin, wo sein "Versager" war.
"Du bist eben doch nur der typische Zwergmacho, der

nicht damit umgehen kann, wenn er keinen hochbekommt", brummte Julia. Sven blitzte sie wort- und ratlos an. Dann ging er.

Er wollte sich mit seinem Board einer nassen Abkühlung ergeben, als sein Vater, völlig außer Atem, angerannt kam: "Sven! Sven! Warte! Wickert ist da! Ich brauche deine Hilfe. Und die Diskette."
Sven hob das Segel und schüttelte die Latten zurecht: "Das hättest du dir früher überlegen müssen!" In seiner Verzweiflung folgte Westermann seinem Sohn mit Schuhen und Hose ins Wasser.
"Sei doch vernünftig, Junge. Wickert will dein Konzept sehen. Das ist doch die Chance für dich." Aber Sven beachtete ihn nicht weiter. Plötzlich griff sich Westermann an die Brust, wo er einen heftigen Schmerz verspürte, und knickte in die Knie. Er mußte sofort in die Klinik gebracht werden. Zum Glück war Nik mit seinem Bulli zur Stelle.
Von der Klinik aus verständigte Niklas Wickert:
"Hallo, ich bin ein Freund von Sven. Herr Westermann senior hatte einen Zusammenbruch." Dafür, versprach er, werde sich Sven bei ihm melden. Als er auflegte, stürmten Sven und Christine ins Krankenzimmer. Nik beruhigte sie: "Macht euch keine Sorgen. Es geht ihm schon viel besser. Es war kein Herzinfarkt, nur eine Attacke."
"Ich hab's ja kommen sehen", stöhnte Christine. "Ich hoffe nur, der Schock ist heilsam für ihn. Er kann doch nicht einfach weiterwühlen wie bisher. Den Schwur nehm' ich ihm am Krankenbett ab, daß er in Zukunft etwas kürzer tritt."

Wickert erwartete Sven und die Diskette bereits sehnsüchtig. Das Konzept, das auf dem Bildschirm aufleuchtete, überzeugte ihn restlos: "Gratuliere, Sven, wir sind im Geschäft! Genau, was ich wollte! Ich hoffe nur, Ihr Vater kommt schnell wieder auf die Beine."

Sarah kniete im Sand neben dem Surfboard. Plötzlich postierten sich dicht vor ihr schwere, wohlbekannte Springerstiefel. Grinsend ließ Tschack die Klinge aus seinem Springmesser schnellen und warf es knapp vor Sarah ins Segel. Sie wollte aufspringen und weglaufen, aber da packte Arien sie von hinten bei den Haaren: "Hallo, Niggerlein! Hat Surferlein dich allein gelassen? Eigentlich sind wir ja nur gekommen, um eine Rechnung mit Nikilein zu begleichen." Sarah wandt sich und schrie vor Schmerz, als ihr Tschack die Arme umdrehte. Arien zündete sich dazu eine Zigarette an und hielt sie ihr ganz nah vors Gesicht. Sarah sah zu Dieter, flehte ihn an, ihr zu helfen; der zögerte kurz, dann faßte er Arien am Arm: "Hör auf mit dem Scheiß, Arien. Es ist genug." Arien warf ihm einen etwas erstaunten Blick zu, dann schlug er Dieter ins Gesicht: "Hier werden nicht die Fronten gewechselt." In dem Moment waren die anderen Surfer zur Stelle: Nik und Boje stürzten sich gleich auf Tschack. Sven kümmerte sich um Arien, bis sich der mit blutender Nase im Sand wälzte. Leicht lädiert humpelten die Neonazis davon. "Euch zünden wir die Bude an!" schwor Arien mit gebrochener Stimme.

Und was sich dieser arische Arien vorgenommen hatte, das wollte er auch halten. Bald parkte der Mercedes

unweit vom Pfahlbau in den Dünen. Tschack warf eine halbvolle Bierdose nach Dieter:
"Du gottverdammter Verräter! Erst hilfst du der Niggerbraut, und dann rührst du keinen Finger für uns. Du bist'n echtes Kameradenschwein!"
Arien hieb in dieselbe Kerbe: "Du hast unserer Standarte Treue geschworen. Es ist deine verdammte Pflicht und Schuldigkeit, jedem gottverdammten Nigger das freche Maul zu stopfen." Eine schnürende Beklemmung engte Dieters Brust ein, dann platzte es aus ihm heraus: "Langsam gehen mir deine abgedroschenen Parteislogans auf die Nerven. Warum können wir diese Typen nicht einfach in Frieden lassen und nach Hamburg zurückfahren?"
Wütend stieß ihn Arien von sich:
"Das hast du dir so gedacht! Die Schande ist nur durch eine Strafaktion reinzuwaschen. Entweder du hilfst uns jetzt, oder du bist für immer als Verräter gebrandmarkt." Und daß du kein Verräterschwein bist, kannst du nur durch Erfüllung eines Ritterkreuzauftrags beweisen."
Arien zog die Pistole, um den folgenden Worten Nachdruck zu verleihen: "Du gehst jetzt da runter und kappst die Bolzen am Lenkgestänge von Niks Bulli."
Aber dabei könne doch einer draufgehen, entsetzte sich Dieter.
"So ist das nun mal im Krieg, mein Junge!" zischte Arien. "Wo gehobelt wird, fallen nun mal Späne."

Es war Nacht geworden. Dieter kroch auf dem Bauch unter den Bulli. Arien leuchtete ihm mit einer Taschenlampe. Mit einer Kombizange löste Dieter die Muttern am Lenkgestänge.

Im Pfahlbau versuchte Julia Sven wieder hinzubiegen: "Klar ist das unangenehm für einen Kerl, wenn er glaubt, sexuell versagt zu haben. Aber ich will nicht, daß diese dumme Geschichte irgendwas kaputt macht. Du nimmst nicht nur die Sache im Leuchtturm zu tragisch, es ist das ganze verdammte Leben, vor dem du Angst hast seit Sonjas Tod!" "Wer gibt dir eigentlich das Recht, über mein Leben zu urteilen?" fuhr Sven sie an. "Wer hat dich gebeten, dich einzumischen?" Ein Wort gab das andere, bis Julia nicht mehr weiter wußte und Sven in äußerster Rage einen "impotenten Schlappschwanz" titulierte. Vollends verärgert packte er sie an beiden Armen, schüttelte sie, aber Julia konnte sich losreißen und versetzte Sven in einer Art Reflex eine schallende Ohrfeige. Beide waren geschockt. "Ich glaub', es ist besser, du fährst jetzt", riet Sven nach einem Moment der Betroffenheit und gab ihr Niks Wagenschlüssel.

Tschack und Arien beobachteten aus ihrem Versteck, wie unten ein Schatten in den Bulli sprang. Verzweifelt wollte ihn Dieter, den Gewissensbisse zerfraßen, warnen und lief zurück zum Wagen. Arien und Tschack sahen ihm überrascht nach. Dieter schwenkte die Arme und schrie lauthals, aber die Fahrerin bemerkte ihn nicht. Dafür waren ihm Arien und Tschack mit dem Mercedes nach, um ihn auf ihre Weise zur Räson zu bringen. Niklas, Sarah und Sven stürzten, als sie den Lärm hörten, aus dem Pfahlbau und sahen auf einmal Ariens Pistole in Dieters Hand: "Kommt bloß nicht näher!" Er hatte sich die Schußwaffe unbemerkt aus dem Handschuhfach geschnappt. In diesem Zustand war Dieter unberechenbar,

gefährlich für Feind und Freund. Als Nik sich ihm nähern wollte, richtete er die Waffe auch auf ihn. "Du bist ja kein Mann, du Wichser!" keifte Arien höhnisch seine Angst aus dem Bauch. "Wenn du nicht so feige wärst, würdest du dir jetzt 'ne Kugel ins Hirn ballern. Du haßt dich doch selber, du Judas!" Langsam, wie in Trance, hob Dieter die Pistole, so,
als wolle er sie tatsächlich an die eigene Schläfe setzen. Doch da meldete sich Nik wieder: "Hör nicht drauf: We don't need no thought control…Erinnerst du dich?" Dieter sah Niklas an, dann Aien – und ließ die Waffe in den Sand fallen. Sofort stürzten sich die beiden Nazis, aber auch Sven und Nik darauf. Es gab ein Handgemenge. Arien konnte die Pistole greifen, doch Nik hielt sein Handgelenk umklammert. Geistesgegenwärtig gelang es Sarah sodann, den Nazi zu entwaffnen: "Was würde ein Nazi jetzt mit einem Schwarzen machen?" zielte sie auf Ariens Visage. "Abdrücken?! Du kannst von Glück reden, daß ich nicht so von Haß zerfressen bin wie du brauner Scheißer!" In diesem Moment riß sich Arien los, schleuderte ihr Sand ins Gesicht und brachte die Waffe wieder blitzschnell an sich: "Tja, was würde ein Nazi jetzt wohl machen? Ich glaube, er würde wirklich abdrücken!" Aber bevor er das tun konnte, griff ihn Dieter von der Seite an. Ein Schuß löste sich und traf Dieter in den Arm. Jetzt, wo ihnen der Arsch auf Grundeis ging, ergriffen die beiden Nazis die Flucht. Die anderen kümmerten sich um den Verwundeten. "Ich hatte was gutzumachen", stöhnte Dieter. "Euer Bulli! Sie haben mich gezwungen, das Lenkgestänge loszuschrauben."
Sven sprang auf: "Julia!"

Julia fuhr mit hoher Geschwindigkeit. Ihr Gesicht war verweint. Unter dem Fahrzeug, am Lenkgestänge, fiel durch die Erschütterungen die letzte Mutter ab. Sven und Nik rasten ihr nach, während Sarah bei Dieter blieb und die Wunde versorgte. Niklas ahnte, was im Kopf seines Freundes vorging: Bilder von Sonjas Unfall spulten sich ab. "Sie kann nur zum Leuchtturm sein", vermutete Nik. Sven sah, geisterhaft verschwommen, Sonja auf dem Krankenbett liegen, doch auf einmal hatte er wieder Julias Antlitz vor sich.

Julia wollte in den Dünen zum Leuchtturm abbiegen, da brach scheppernd das Lenkgestänge auseinander. Sie hatte keine Gewalt mehr über das Fahrzeug. Der Bulli raste auf die nächste Düne zu und grub sich hinein. Sven hatte dicht aufgeschlossen, machte eine Vollbremsung und sprang aus dem Fahrzeug. Riß die Tür des Bulli auf. Aber der Sitz war leer. Julia! Wo war Julia? Nik kam und zeigte hinauf. Oben, oben auf der Düne saß sie. Erholte sich von dem Schrecken. Sven lief zu ihr und schloß sie in seine Arme. Erleichtert und liebevoll. Dankbar sah er hinauf zum Sternenhimmel. Irgendwo da draußen mußte er sein: der Polarstern. Sonjas Polarstern, der jetzt Julias Stern geworden war. Die beiden küßten sich.

13

Freibeuter der Meere

Am Surfcontainer klebte ein Plakat:

2. SURF & FUN CUP
OFFIZIELLER PBA-VORLAUF FÜR
DEN WELTCUP IN AUSTRALIEN
GESPONSORT VON HOTEL WESTERMANN

Niklas gab einem puckligen, etwas unbegabten Surfschüler namens Paulchen Trockenunterricht, als sich vor ihm ein durchtrainierter Blondschopf aufbaute, den eine Augenklappe über dem linken Auge wie ein Pirat aussehen ließ:
"Haste mal Feuer?" Paulchen, der gerade das Gleichgewicht verloren hatte, zog das heruntergefallene Segel wieder hoch.
"Du solltest dein Talent nicht als Surflehrer verschwenden", schmunzelte der große Blonde mit Blick auf den Jungen.
"Wir sehen uns beim Rennen, Nikilein!" Er holte ein Sturmfeuerzeug aus seiner Jackentasche und ließ es mit einem kalten Schnappen aufspringen, um Nik betont cool und unhöflich Rauch ins Gesicht zu blasen, bevor er sich verabschiedete.
Wer, zum Teufel, war dieser seltsame Kerl nur? Irgendwie, dachte Nik, mußte er ihm schon mal über den

Weg gelaufen sein. Der unerkannte Blonde, vermutete Sarah, habe ihn wahrscheinlich nur provozieren wollen, um ihn vor dem Rennen nervös zu machen.
Christine rollte den Abfallcontainer auf die Straße vor der Pension. Da hielt der Blonde, der sich ein Zimmer in der Goodewind genommen hatte, in seinem Jeep und half ihr. Plötzlich zuckte Christine zusammen, hielt sich den Bauch, krümmte sich, streckte sich wieder und atmete tief durch. Der Blonde war besorgt, aber Christine beruhigte ihn, es sei nichts, und stellte die Rollen des Containers fest.

Westermann dinierte mit dem silberhaarigen Bürgermeister Greve. Greve war einigermaßen erstaunt, als er von Westermanns messianischen Ideen hörte, die St. Peter-Ording total umkrempeln sollten:
"Ich will zurück in die Vergangenheit. Weg mit den Imbißbuden und Souvenirläden. Der Strand soll wieder ein Strand und kein Parkplatz sein. Ich will, daß die Leute das Gefühl haben, eine Reise zurück in der Zeit zu machen."
Das, was das Millionenpublikum von St. Peter-Ording erwarte, seien Leistungen für den Massentourismus, wehrte Greve ab. Aber Westermann durchdrang ihn mit einem vielsagenden Blick: Ein gewisses Engagement könne sich für den Bürgermeister bei der nächsten Wahl durchaus bezahlt machen.
"Na schön", knurrte Greve. "Bringen Sie mir Ihre Unterlagen morgen mal vorbei. Dann werde ich Ihre Pläne bei der nächsten Ratssitzung zur Diskussion stellen. Aber, versprechen kann ich nichts."

Westermann lächelte. Diesmal zogen Sven und er endlich mal am selben Strang. Das konnte nur Gutes bedeuten
Die Augenklappe des Blonden erregte einiges Aufsehen in der Disco, aber er ignorierte geflissentlich die neugierigen Blicke und drängte sich neben Tjard und Boje an die Bar. Boje bestellte zweimal Rachenputzer. Der Blonde orderte für sich von derselben Sorte. Lehnte sich lässig an den Tresen. Nahm die Tanzfläche unter die Lupe, wo sich Niklas und Sarah gerade küßten. Als Nik zur Toilette ging, kippte er seinen giftgrünen Rachenputzer runter und folgte ihm. Leistete ihm am Pissoir Gesellschaft und fragte unverblümt, ob seine Freundin nach Schokolade schmecke, wenn er sie küsse.
"Was willst du eigentlich hier?" schnappte Nik.
"Pissen", grinste der große Blonde.
Niklas musterte ihn abschätzig: "Woher kennen wir uns eigentlich?"
"Sylt. 13. August. Letztes Jahr", zischte der andere. Bevor er nach einer weiteren Erklärung für das aufdringliche Verhalten des anderen forschen konnte, wurde Nik von Boje herausgerufen: Die Clique wollte weiter.

Im Pfahlbau. Nik nahm eine Trophäe in die Hand und blies den Staub vom Pokal. Auf dem Sockel war eine Plakette angenietet: "Niklas Andersen. 1. Sieger im Freundschaftscup. Sylt 13. 8. 1995."
Er hielt Boje den Preis hin:
"Sag' mal, erinnerst du dich noch an den Typen auf Sylt? Den mit dem schwarzen Segel?"
Boje überlegte angestrengt: "Jo. Lutz Soundso. Den hast du im Halbfinale rausgeschmissen. Wie ein

Krabbenfischer hat der damals geflucht, so wütend war er." "Komisch", wunderte sich Niklas, "das war doch nur 'ne Gaudiveranstaltung. Wie kann man das nur so verbissen sehen?" Boje zuckte die Achseln.

Sarah war draußen auf dem Wasser, da tauchte Lutz auf und legte vor ihr eine gekonnte Powerhalse hin. Fasziniert beobachtete sie seine Landung. Dann begann er sie zu verfolgen und schob sich endlich neben sie. Sie halste unvermittelt, stürzte. Lutz stoppte, hielt Sarahs Brett fest. Sie kraulte zu ihm hinüber. Alles halb so schlimm, feixte er und bot ihr ein kleines Wettrennen an.
"Wenn du eine Niederlage verkraften kannst...", zwinkerte Sarah ihm zu. Der Typ schien ihr sichtlich Spaß zu machen.
Als sie lachend aus dem Wasser kamen, wollte sie ihn gleich mit Nik bekannt machen.
"Wir kennen uns schon", grinste Lutz verächtlich.
"Er würde gern mal gegen dich surfen. Ich bin ihm wohl etwas zu stark", brüstete sich Sarah. Aber Nik war nicht in der rechten Stimmung:
"Ein andermal vielleicht. Heut' bin ich etwas geschlaucht."

Im Pfahlbau waren Tjard und Boje beim Dartspiel. Rocky und Martina studierten einen Prospekt mit Flugdaten und Preisen. Sie hatten sich vorgenommen, ihr Patenkind in Botswana zu besuchen.
"Ihr könnt ja mit'm Schlauchboot runterpaddeln, wenn euch das zu teuer ist", empfahl Boje.
"Botswana liegt nicht am Meer, stupido!" korrigierte

Rocky. Nik und Sarah trudelten mit Lutz im Gefolge ein. Niklas latschte in die Küche, um Espresso zu machen. Lutz ging mit und nahm sich Eiswürfel aus dem Gefrierfach. "Du willst Revanche für Sylt, stimmt's?" fragte Nik ihn ganz direkt. "Nicht nur", antwortete Lutz. "Du hast damals beschissen. Du hast mich an einer Boje geschnitten und abgedrängt." Nik konnte darin kein schuldhaftes Verhalten erkennen. Aber da schob Lutz seine Augenklappe hoch – eine leere, vernarbte Augenhöhle kam zum Vorschein:
"Das hab' ich dir zu verdanken, Sportsfreund. Auf der Heimfahrt von Sylt hatte ich einen kleinen Unfall. Voll durch die Leitplanke gegen einen strammen Baum. Und warum? Weil ich die ganze Zeit dein blödes Grinsen vor mir hatte, als du dir den Pokal gegrapscht hast."
"Du bist verrückt", entfuhr es Nik. "Echt bekloppt."
Lutz schob die Augenklappe wieder über die Wunde. Spöttisch verzogen sich seine Mundwinkel:
"Mag sein. Übrigens, ich werd' deine Kleine mal lecken, dann weiß ich, ob sie nach Schokolade schmeckt."
"Du Drecksau!" Nik sah endgültig rot, riß Lutz herum und schlug ihn nieder. Lutz wurde gegen die Ablage geschleudert. Die Espressomaschine krachte zu Boden. Boje, Tjard und Sarah mußten die Streithähne trennen. Lutz wischte sich das Blut von der Lippe und sah Sarah herausfordernd an:
"Ist ja richtig jähzornig, dein Nik. Dabei hab' ich nur bezweifelt, ob er wirklich so'n Surferas ist, wie er behauptet." Wieder wollte Nik, der es etwas anders verstanden hatte, auf ihn losgehen, aber Boje und Tjard hielten ihn fest.

Westermann war bei Christine. Die hatte plötzlich wieder diese Schmerzen. Erschrocken stützte Westermann sie: "Christine, um Gotteswillen, was ist denn?" Christine atmete tief durch: "Ich weiß nicht. In den letzten Tagen hab' ich zeitweise so merkwürdige Krämpfe." Westermann wollte sie sofort zum Arzt fahren: "Keine Widerrede." Die Untersuchung brachte dann ein erstaunliches Ergebnis.
"Und das in unserem Alter", wunderte sich Westermann.
"Es muß an dem Abend passiert sein, als wir uns in Hamburg Cats angeschaut haben", vermutete Christine.
"Aber noch kein Wort davon zu den Jungs."
"Kein Wort", versprach John, der ihr spätes Glück immer noch nicht fassen konnte.

Am Strand wurden die letzten Vorbereitungen für das morgige Rennen getroffen. Imbißbuden, Kioske, das Richterzelt wurden aufgestellt und die Fahnenmasten beflaggt. Lutz baute sein Brett zusammen, als Niklas mit dem Bulli kam und sich aus dem Fenster lehnte:
"Ich will dir eins sagen: Was zwischen dir und mir ist, das machen wir beide aus. Aber laß Sarah da raus, verstanden?"
Lutz zuckte die Achseln: "Von mir aus."
Kaum war der Bulli weg, erschien Sarah mit ihrem Board auf der Bildfläche.
"Gibt's hier eigentlich 'ne Stelle, wo man beim Training nicht so viele Zuschauer hat?" fragte Lutz und tat ganz unschuldig.
"Klar", lachte Sarah. "Die Piratenbucht. Fahr' mir einfach hinterher."

Auf einen Felsen war eine schwarze Flagge mit einem Totenschädel gesprayt. Darunter die Namen und Daten zahlreicher Liebespärchen. Lutz ließ sich in den Sand fallen, streckte sich, tastete nach seinen Schulterblättern:
"Bin ganz verspannt im Rücken. Jetzt wär' 'ne kleine Massage angesagt." Er sah Sarah auffordernd an, und tatsächlich gab sich die einen Ruck:
"Leg' dich schon hin, du Invalide." Lutz drehte Sarah seinen Rücken zu. Zog den Reißverschluß seines Neoprenanzugs auf. Sarah hockte sich auf Lutz' entblößten Körper und massierte. Nach einer Weile gab sie ihm einen Klaps:
"So, das müßte reichen."
Blitzschnell rollte sich der große Blonde herum, warf Sarah auf den Rücken und hielt ihre Handgelenke fest:
"Noch nicht."
Sarah wehrte sich: "Spinnst du? Laß mich sofort los!"
Lutz tat verblüfft und entschuldigte sich: Er habe sich nur revanchieren und sie ein bißchen massieren wollen. Sarah ließ sich von Lutz auf die Beine ziehen: "Na, Schwamm drüber. Laß uns lieber wieder zurücksurfen."

Auf der Terrasse des Sporthotels berichtete Westermann seinem Sohn, daß es mit Greve nicht geklappt habe.
"Das heißt", ließ Sven den Kopf hängen, "daß wir uns das Konzept in die Haare schmieren können?"
"Derzeit ja", antwortete Westermann. "Aber ich weiß, wie wir es doch noch schaffen können."
Sven sah ihn fragend an.
"Ich werde für das Bürgermeisteramt kandidieren", verkündete John ex cathedra. Sven war sprachlos, als ihn

sein Vater mit einem dicken PR-Auftrag köderte: Wahlhelfer zu spielen.

Sarah löste Julia im Leuchtturm ab und stülpte sich die Kopfhörer über. Lutz, der ihr unaufgefordert gefolgt war, stellte einen Korb auf den Tisch:
"Zweimal Buletten und eine Flasche Pinot Grigio." Er griff in den Korb und zauberte einen prachtvollen Blumenstrauß hervor.
Nach dem Essen, als Sarah Bob Marleys *I Shot the Sheriff* aufgelegt hatte, bat Lutz zum Tanz.
"Du solltest jetzt besser gehen", empfahl Sarah, "damit du morgen beim Rennen fit bist."
"Aber erst nach dieser Nummer. Versprochen." Lutz hob seine Hand zum feierlichen Schwur. Sarah seufzte und ließ es geschehen. Zärtlich nahm sie Lutz in seine Arme und drückte seinen Kopf in ihre Halsbeuge. Unangenehm berührt lehnte Sarah ihren Kopf zurück:
"Ich glaub', du solltest jetzt wirklich gehen."
Lutz schaute sie verwundert an: "War dir doch nicht unangenehm, oder?" Er beugte sich vor, um Sarah zu küssen, da flog die Tür auf. Wie ein Racheengel stand Nik im Türrahmen. Blitzschnell war er bei Lutz und riß ihn von Sarah weg:
"Ich hab' dich gewarnt!" Aber dann ließ er, mit Blick auf Sarah, die Faust sinken und preßte die Lippen zusammen. Lutz nutzte die Gelegenheit, um zu verduften. Nik hob ein Kettchen auf, daß der andere bei dem Streit verloren hatte: einen Sonnenanhänger. Die Sonne war aufgesprungen und gab das Foto einer jungen Frau preis. Es war von einem Trauerrand umgeben.

Am Tag des Rennens, als Nik, Sarah, Sven, Tjard und Boje ihre Bretter vorbereiteten, kamen Martina und Rocky mit einer Neuigkeit. Martina wedelte mit zwei Flugtickets: "Seht mal, was wir hier haben. Zweimal Botswana und zurück." "Plus eine Woche Badeurlaub auf Madagaskar", fügte Rocky hinzu. "Man gönnt sich ja sonst nichts", strahlte Martina und gab Rocky einen Kuß. Tjard und Boje imitierten, pantomimisch nur halb gelungen, Violinisten.

Niklas' Blick schweifte kurz zu Lutz, der im Sand saß und aufs Wasser starrte. Eine Hand war bandagiert. Nik ging zu ihm hinüber und hielt ihm den Sonnenanhänger hin: "Deine Freundin ist bei dem Autounfall damals ums Leben gekommen, stimmt's?" Lutz blickte auf das Bild der Toten; dann schob er die Sonne unter seinen Neoprenanzug und stierte wieder schweigend aufs Meer.

Sarah war die strahlende Gewinnerin des ersten Rennens der Damen; dann ging Nik, der Favorit der Herren, an den Start. Sarah drückte ihm noch rasch einen Kuß auf die Wange. Dann ertönte der Startschuß. Lutz war Nik zuerst eine Brettlänge voraus, doch schon schob sich der sich neben ihn. Vor ihnen signalisierte eine Boje die nächste Wende. Lutz verlor die Nerven, halste vor der Boje, um Niklas, der vor ihm gewendet hatte, zu überholen. Ein Raunen ging durch die Menge der Zuschauer. "Au au au!" beklagte sich der Lautsprecher. "Vor der Boje gewendet. Das bedeutet natürlich das Aus. Damit steht der Sieger des Finallaufs fest: Niklas Andersen."
Begeistert klatschten Sven und Tjard ab. Julia und Sarah

umarmten sich. Sportlich wollte Nik auch dem unterlegenen Lutz die Hand hinstrecken, aber der schlug nicht ein. Die Clique umringte Nik. Er wurde auf viele Schultern gehoben und zum Festzelt getragen. Lutz schaute ihnen finster nach.

Drinnen im Zelt tobte die Siegerparty. Niklas war von Fotografen umringt, die ihn mit dem Pokal ablichteten, während Sarah am Tresen stand. Lutz drängelte sich zu ihr vor: "Das wegen gestern tut mir leid." Sarah war nicht nachtragend: "Aber heute, nach dem Rennen, hättest du Nik wenigstens die Hand geben können." "Du hast ihn wirklich gern, deinen Nik, nicht wahr?" forschte Lutz. "Also gut, ich mach' dir einen Vorschlag. Wir beide machen ein Rennen. Wenn du gewinnst, dann entschuldige ich mich bei ihm." "Und wenn ich verliere?" "Dann bleibt alles so, wie es ist." Warum nicht? dachte Sarah und folgte ihm zum Ausgang. Vorher wollte Lutz, der schönen Erinnerung wegen, wie er behauptete, aber noch mal zur Piratenbucht. Sarah zögerte, aber gut: der Junge hatte schwere Zeiten hinter sich. Als Nik zum Tresen zurückkehrte und nach Sarah fragte, deutete Julia zum Ausgang: "Die ist mit Lutz raus." Enerviert boxte sich Nik ins Freie und entdeckte Sarah und Lutz nach einigem Suchen auf dem Meer. Er lief zum Bulli und schnappte sich sein Board. Eine unbestimmte Angst durchrieselte ihn, wurde bestimmter und bestimmter.

Lutz und Sarah waren schon kurz vor der Bucht, da begann Lutz auf einmal, Sarahs Brett zu rammen. Sarah stürzte. Lutz tauchte ihr nach und drückte ihr unter

Wasser den Hals zu. Sarahs Bewegungen wurden schwächer. Plötzlich schoß ein Schatten auf Lutz zu. Packte ihn am Schopf. Riß ihn zurück. Lutz ließ Sarah los, die mit letzter Kraft an die Oberfläche paddelte. Lutz wehrte sich verbissen, aber Nik war stärker in seiner rasenden Wut.

Oben angekommen half Sarah Nik, Lutz auf dessen Brett zu hieven. Dann fiel sie Nik um den Hals. Der Schock des nahen Todes löste sich in einem Weinkrampf auf. Lutz hustete, spuckte Wasser. Aus seinem Anzug rutschte der Sonnenanhänger, plumpste ins Wasser, versank langsam in der Tiefe. Ein geschlagener Mann blieb zurück, den das Schicksal genügend gestraft hatte. Mehrfach.

Im Pfahlbau. Nik stellte seinen Pokal gleich neben den von Sarah. Julia drückte den beiden und ihrem Sven Sektgläser in die Hand: "Auf eine Zukunft ohne Psychopathen." Die vier stießen an. "Ah, Champagner!" meldete sich Westermann senior. "Das trifft sich gut." Er winkte Christine herein. Es gebe noch etwas zu feiern, versprachen die beiden. Westermann drückte ihre Hand. Sie holte tief Luft: "Ihr bekommt eine Schwester."

Fortsetzung folgt!

...UND WEITER GEHT'S MIT NIK, SVEN UND DER CLIQUE

GEGEN DEN WIND
Neue Abenteuer der Clique

GEGEN DEN WIND WIEDER IN DER ARD!

Das Buch zur 3. Staffel mit Sven und Nik und der "bewährten" St. Peter-Ording-Clique.

In St. Peter-Ording stehen die Zeichen auf Sturm. Die Clique ist in Gefahr! Nicht nur ihre Liebesbeziehungen zerbrechen, auch Nik und Sven selbst entfernen sich zusehends voneinander – zu allem Überfluß hagelt es auch noch geschäftliche Fehlschläge. Sven gerät in eine Krise, die in einem völligen Zusammenbruch endet. Seine Freundschaft zu Nik wird auf eine schwere Probe gestellt – wird Nik es schaffen, ihn zu einem Neubeginn zu bewegen?

 Demnächst im Buchhandel erhältlich!

EIN MUSS FÜR ALLE DAVID HASSELHOFF-FANS!

David Hasselhoff zieht die Badehose aus... und wird Privatdetektiv!

BAYWATCH NIGHTS AB 14. JULI SONNTAGS 18.00 UHR AUF SAT.1

**Das Buch zur neuen Action-Serie mit David Hasselhoff:
Ein TV-Knüller wie Baywatch und ein brandheißer
Roman voller Action und Erotik.**

Lifeguard Mitch Buchannon nimmt schweren Herzens von den heißen Strandschönheiten Abschied und wird Privatdetektiv. Ryan, seine verführerische Partnerin, und andere verlockende Girls verleihen allerdings auch den Baywatch-Nächten ihre Reize. Der Blues-Club „Nights" ist Schauplatz erotischer Abenteuer, packender Auseinandersetzungen mit Gangstern und schrägen Typen, die sich im kalifornischen Nachtleben tummeln. Spannung, Humor und Sex, Gags und Action auch im Roman zur aktuellen Serie - der Rhythmus von Baywatch Nights packt von der ersten Seite an. Original-Serienfotos vermitteln das Flair des kalifornischen "way of life" und die unwiderstehliche Ausstrahlung David Hasselhoffs.

 Ab sofort im Buchhandel erhältlich!